(사)경기한국수필문학 작품상 수상

아카시아 꽃향기 그윽한 계절에

고순례 수필집

도서출판 청어

아카시아 꽃향기 그윽한 계절에

고순례 지음

발행처 도서출판 **청어**
발행인 이영철
영업 이동호
홍보 육재섭
기획 남기환
편집 이설빈
디자인 이수빈 | 김영은
제작이사 공병한
인쇄 두리터

등록 1999년 5월 3일
(제321-3210000251001999000063호)

1판 1쇄 발행 2024년 10월 30일

주소 서울특별시 서초구 남부순환로 364길 8-15 동일빌딩 2층
대표전화 02-586-0477
팩시밀리 0303-0942-0478
홈페이지 www.chungeobook.com
E-mail ppi20@hanmail.net

ISBN 979-11-6855-286-9(03810)

아카시아 꽃향기 그윽한 계절에

고순례 수필집

첫 수필집을 펴내며

날마다 계절의 얼굴을 보며 설정된 하루를 보낸다.

시냇가에서 징검다리를 건너듯이….

포근한 봄날이었다가 무더운 여름이 지나면 찬란한 가을을 노래한다. 그리고 추운 겨울이… 반복되는 물레방아 인생.

동생이 떠난 지도 어느덧 20여 년이 되었다. 엊그제 일처럼 생생한데….

2009년도에 사단법인 경기한국수필문학에서 「아카시아 꽃향기 그윽한 계절에」로 작품상을 받았다. 그때 많은 사람이 축하해주었고, 그 글을 읽고 많이 울었다고 전해주었다.

작품집을 내려고 작품을 읽다가 나도 모르게 다시 눈물이 나서 한참을 머뭇거렸다. 동생의 얼굴과 부모님의 그때 모습이 다시 떠올라서 힘이 들었다. 모두 이젠 아무 탈 없는 듯 잘 살아가고 있다.

세월이 약이라고 했던가!

어쩌다 글 쓰는 사람이 되어서 날마다 글을 쓰고 그림을 그리고 있으니 하루하루 감사 또 감사하고 살아야지….

글을 쓰는 일은 항상 아쉬움 투성이다. 부족한 글이지만, 어려서부터 글 쓰는 걸 좋아하는 누나를 위해서 원고지를 사다 주던 착한 동생을 위해서 조심스럽게 첫 수필집 『아카시아 꽃향기 그윽한 계절에』를 펴낸다.

2024년 가을, 민들레 서재에서

고순례

차례

제2부 첫눈

제3부 그대 있음에

제4부 걱정을 말아요

제1부

갈매기의 꿈

아카시아 꽃향기 그윽한 계절에

4월은 잔인한 달이라고 시인 엘리엇은 얘기했던가!

건강관리를 나름대로 하고 있었던 동생이 암 선고를 받았다는 소식은 하늘이 무너지는 슬픔이었다. 45세라는 나이가 증명하듯 동생은 정말 감기 한번 앓지 않을 정도로 건강한 체구를 가지고 있었다.

슬하에 두 남매를 두고 제법 평온한 가정을 꾸려나가는 가장이었고, 직장에서는 중역의 직책을 가지고 있을 정도로 모범적인 인생을 살아가는 사람이었다.

그런데 그가 한 달 20여 일 만에 저세상으로 가버린 지금, 그의 병상에서 신음하던 모습이 자꾸만 내 눈앞에서 어른거리는 이유는 아마도 누나인 나에게 평소 각별한 정을 쏟아준 흔적 때문에 더욱 생각이 나는 것이리라.

자신이 오래 살 수 없다는 주치의 말을 듣고 그는 빨리 치료 방법을 찾으라고 답변했다. 한국의 최고 의료진이 모인 병원에서 이렇게 무책임할 수 있느냐고 반문할 정도로 또렷한 정신으로 의사에게 묻던 선명한 목소리가 귓전을 때린다.

이미 간에서 시작한 암이 온몸의 중요한 기관을 점령했다는 사형선고를 받고 우리는 정말 믿어지지 않았다. 저렇듯 건강해 보이고 통증도 없는데…. 그러나 암이라는 병은 말기 상태에서 발견되며 생명의 걸림돌이 될 때까지 특별한 증상이 없다는 말이 대부분이었다. 그래서 한 가닥 희망을 걸고 기다렸었다. 사형선고를 받고 병실에 누워있는 동생도 처절한 기분이 들었을 뿐, 죽기 전에는 자신의 병이 아니 의사들의 진단이 오진이기만을 기다렸을 것이다.

그 상황에서 아직 어린 중학생과 초등학생의 아이들을 생각하면 얼마나 기가 막혔을까? 그가 있는 병실을 방문할 때마다 이 누나가 해줄 수 있는 말은 정말 아무리 생각해도 떠오르지 않았다. 생각이 멈추듯 누워있는 그에게 "간밤에는 아프지 않고 잘 잤니?" 하고 물으면 고개를 끄덕였다. 그럴 수밖에…. 조금 아프면 진통제라는 편리한 약이 그를 치료해 줄 수 있는 유일한 방법이었다.

우리 형제들은 인터넷 검색을 하며 암 환자의 기적적인 얘기 찾기에 혈안이 되었다. 그러나 민간요법에 의존하는 말기 암 환자들의 경험담을 듣고 그대로 해보기도 하고 좋다는 약제를 구입해 이것저것 다 투입해 보았지만, 병은 차도를 느낄 수가 없었다. 정말 안타까운 현실 앞에서 현대의학의 무능함을 탓해야만 했다.

아직 팔순의 부모님이 생존해 계시는데….

그 자식의 목소리를 들을 때마다 삶의 활력소로 살아가시던 부모님. 부모님께 효자라는 이름으로 불릴 정도로 착한 성품의 그가 자신의 죽음이 얼마 남지 않은 것을 알고 부모님이 보고 싶다던 날, 팔순의 부모님이 아들의 병실을 찾아와 눈물을 적시던 모습은 지금도 안타까운 한 장면으로 남아 있다. “저렇듯 정신이 또렷한 아들이 죽는다니…” 믿어지지 않은 듯 고개를 흔드셨다.

그날 나는 어머니의 피눈물을 보았다. 복수가 차오른 아들의 배를 쓰다듬으시며 “엄마 손은 약손이여!” 하며 쓸어주시던 그 모습. 목까지 차오르는 눈물을 억제하며 쓴 눈물을 삼키시던 오열은 마침내 병실을 나가시면서 병원 복도에 주저앉으시고 말았다. 그리고 꺼이꺼이 우시던 어머니의 모습. 지금도 그 악몽 같던 현실을 생각하면 슬픈 마음이 눈가에 이슬로 맺힌다.

병실에서 바라보는 창밖의 풍경은 4월의 실록으로 여물어 초록의 푸르름으로 싱그러웠다. 그 시기에 얼마 남지 않은 시간을 안타까워하며 가족들과의 모든 추억과 정다운 이와의 이별 연습을 시키고 있었다.

그의 얼굴을 바라보며 그날그날의 즐거운 이야깃거리라든

가, 부모님이 계시던 시골집에 포도나무, 자두나무, 복숭아나무 등…. 여러 종류의 나무를 심었던 기억을 더듬어 주었다. 지금쯤 그 나무에 꽃이 피고 작은 열매가 열려있을 것을 상상하며 궁금해하는 그를 위해 전화로 그 열매의 안부를 묻고 크기를 설명해 주면, 마침내 그의 입가에서 미소를 볼 수 있었다.

그가 몸담고 있던 직장의 부하 직원들의 방문을 보며 그는 순간순간 즐거워했고, 그가 평소 즐겨 먹던 음식을 사 와서 식지 않도록 손수 다시 끓여오던 직원들의 정성은 정말 눈물겹도록 고마워했다. 이미 소화가 잘되지 않을 정도로 마음 놓고 먹을 수 없었는데 그날은 한 공기의 밥을 거의 비웠다.

병실의 문턱이 닳도록 드나드는 친구들과 그리고 가까운 지인들의 방문을 보며 그가 살아온 지난날이 결코 헛되지 않았으며 아주 잘 살아왔다는 확신이 들었다. 평소 동생의 성품은 남을 먼저 배려하는 마음에 변함이 없었다. 그가 살아온 그 아름다운 마음이 그의 죽음을 애도하였고 그의 짧은 인생을 모두 서러워하며 안타까워했다.

그즈음 시간을 다투며 생명과의 시름이 한창일 때 계절은 아카시아 꽃향기로 그윽했다. 흐드러지게 피어나는 아카시아 꽃향기가 바람을 타고 코끝을 스치고 지나갈 때마다 병실에서 병마와 싸우고 있는 동생의 얼굴이 떠올랐다. 그리고 그 슬픈 마음을 나도 모르게 적어 보았다.

아카시아 꽃향기 그윽한 계절

말기 암으로 투병 중인 동생의 모습이

자꾸만 꽃향기 위로 그려집니다

그 향기 그 아름다운 자태가

오래오래 간직해 주면

얼마나 좋을까 하고 생각하면서

동생의 생명을

그 향기처럼 연장할 수 없음이

안타깝습니다

병실을 가득 채우고 있는 동생의 얼굴은

참으로 소중합니다

어쩌다 누나의 얼굴을 보고 빙그레 웃어줄 때면

그 어떤 좋은 일보다도 기쁘답니다

어제도 점점 건조해 가는

동생의 등을 쓸어주면서

어머님의 손길처럼 흉내를 내.보았답니다

이렇듯 아쉬움 속에서 마침내 그는 이승을 하직하고 저승 길로 갔다. 굵고 짧은 인생의 길을 택한 그의 영전에 삼가 명복을 빈다.

갈매기의 꿈

어디론가 튕겨 나가듯이 자연으로의 합류는 인간의 마음을 새로운 변화가 있는 하루로 이어진다. 변화가 가져오는 상쾌함과 목적지를 향하여 질주하는 차량 속에서의 대화는 평상시의 기분보다 편안함을 준다.

우리가 가게 된 곳은 역사의 발자취가 담겨있는 유적지로 이름이 나 있는 강화도였다. 선조들의 얼이 숨 쉬고 있는 국난 극복의 현장. 고려궁지, 광성보, 덕진진, 초지진, 연무당 옛터, 역사관이 있었는데 그중 광성보를 다녀왔다. 광성보는 강화 해협을 지키는 중요한 요새로, 고려가 몽골 침략에 대항하기 위해서 강화도로 도읍을 옮겨 흙과 돌을 섞어 쌓은 축성이라고 한다. 국난을 극복하기 위해서 사용했던 전쟁 도구가 진열되어 있었다. 언뜻 보기에는 수원성처럼 역사의 발자취가 낯익었다. 그 외에는 박물관을 연상케 하는 참성단, 강화지석묘, 전등사, 보문사, 정수사, 용흥궁 등이 있다고 한다.

푸념을 쏟아내는 삶의 메마름 속에서 건조한 기분을 조금이라도 전환하기 위한 일상탈출이라고 하면 될까? 갑자기 몇 달 동안 휴면상태로의 일상이 왠지 모를 나태함과 무료함으로 나를 괴롭혀왔다.

십여 년 가까이 그이와 나는 같은 직장에서 생활해 왔었다. 우리는 그즈음 베스트셀러로 등장한 스펜서 존슨의 『누가 내 치즈를 옮겼을까?』라는 제목의 책을 읽고 있었다. 변화를 꿈꾸는 사람들에게는 한 번쯤 읽어보면 도움을 줄 수 있는 책이었다. 마침, 변화를 꿈꾸어 오던 어느 날 우리는 과감하게 새로운 세계에 도전을 시작하고 있었다. 우리는 잘 되리라 생각했다. 그러나 그 변화는 두 달 만에 물거품이 되어버리고, 남은 것은 과신도 때로는 비극의 원인이 된다는 진리의 말을 실감케 했다. 희망과 절망의 갈림길에서 가장 괴로운 것은 잃어버린 돈이 문제가 아니라 믿었던 친구의 배신이었다. 하루아침에 너무나 한가한 하루하루를 접해야 하는 우리의 일상은 시간이 갈수록 자연 속으로 숨어드는 일과로 변해갔다.

자연은 어머니의 가슴처럼 따뜻하다. 그 속에 안겨보는 가슴앓이를 하는 사람들에겐 한없는 포근함을 느끼게 한다. 그 속에는 인간에게서 느끼는 배신감이나 거부감이 없다.

우리가 자연으로의 친화가 이뤄지던 날은 강화대교를 건너 첫 번째 발길이 머무른 곳, 강화의 명물이 모여 있다는 시장에 들어설 때였다. 갖가지 농산물들이 특산물이라는 명패를 달고 얼굴을 내밀었다. 그중에서 강화도의 인삼이나 순무가 먼저 눈에 들어왔다. 몇 가지 필요한 것을 쇼핑하며 강화도의 이곳저곳을 기웃거렸다. 유적지를 돌다 보면 언제나 그 고장을 대표하는 것들을 찾게 되는데, 우리는 석모도에 있는 보문사의 마애석불좌상을 찾아보기로 했다. 강화도는 신비스럽게도 섬 속에 또 하나의 섬의 운치를 만끽할 수 있는 곳이었다.

배 위에 싣고 가는 차와 함께 석모도로 가는 배 위에서 벌어지는 갈매기들의 묘기 대행진을 접하게 되는데 그 모습이 너무나 장관이었다. 배를 타기 전에 새우깡 한 봉지씩을 샀는데 그 과자가 갑판 위에서 비상하는 갈매기와 무언의 대화시간이 될 줄이야… 파란 하늘을 나는 갈매기를 향해 과자를 힘껏 던지노라면 갈매기는 필사적으로 갑판 위를 맴돌면서 날개를 퍼덕였다. 높게 때로는 낮게 혹은 다이빙하듯 떨어지는 수많은 갈매기 떼의 비상은 필사적인 생존의 아귀다툼처럼 느껴졌다. 행여 잘못 조준하면 먹이를 빼앗길 수도 있고 바닷물 속으로 떨어져 버릴 수도 있는 상황을 예견한 듯, 수면 위로 떨어지는 먹이와의 결투는 우리의 정서를 잊어버린 기억 속으로 끌고 갔다.

기억의 저편에서 아물거리는 지나온 삶이 그곳에 있었다. 적어도 삶이라는 전쟁에서 상처를 입어 본 사람이라면 그 순간 갈매기의 꿈을 읽을 수 있을 것이리라. 아니, 눈물 젖은 빵을 먹어본 사람이라면 바닷물에 젖은 새우깡을 순발력 있는 몸짓으로 건져 먹는 갈매기의 삶을 보고 눈시울을 적시며 지난 일을 이야기할 수 있을 것이다.

얼마나 굳게 다져진 신념의 각오로 뭉쳐진 갈매기들의 몸짓은 절박하고 다급했다. 내 손가락 끝에 매달려있는 새우깡 한 조각을 먹기 위해 행여 실수할세라, 손가락까지 쪼아가는 통에 나도 모르게 "앗!" 비명을 질렀다. 살기 위해서 사정없이 날갯짓해야 하는 갈매기의 삶을 보면서 잠시 현실에 펼쳐진 내 삶의 일부를 뒤척이게 했다. 인생에서 변화의 실패가 가져온 무료한 시간 접기 일상으로 밀려오는 불안과 초조의 격랑 속에서, 반복해서 되뇌던 외침 '하루빨리 날자, 날자…' 창공을 나는 새들처럼 날아보기 위해서 남모르게 뒤척였던 시간이 갈매기의 꿈처럼 갑판 위에서 펄럭이고 있었다. 석모도에 도착할 때까지 배 위를 맴돌던 갈매기 떼들은 배가 섬에 도착하자마자 어디론가로 날아갔다. 마치 한 순간 꿈을 실현한 자의 만족스러운 뒷모습으로….

석모도에 도착한 우리는 보문사로 향했다. 가는 길에 자연의 숲에서 피어나는 이름 모를 향수에 젖어 보는 하루가 정신없이 지나갔다. 보문사 뒷길에 등산로를 따라 418계단을 오르면

산 정상을 코앞에 두고 마애석불좌상이 거대한 암벽에 새겨져 있는 것을 볼 수 있다. 언뜻 보기에는 눈썹 모양으로 보이는 일명 눈썹바위 아래 해탈의 몸을 풀고 있는 마애석불좌상. 고뇌의 늪 속에서 허우적대는 속세인으로서 할 수 있는 것은 염원으로 똘똘 뭉쳐진 마음으로 엎드려 절하는 인간의 일 배 일 배가 눈에 들어왔다.

유난히 계단이 많은 마애석불좌상이 있는 곳까지 걷기란 심호흡을 연거푸 해야 할 정도로 쉬운 일이 아니었다. 그곳에서 고행을 자처한 나이 지긋하신 남자 보살님을 만나게 되었다. 올라갈 때도 지게에 커다란 돌을 지고 가셨는데 내려갈 때도 지게에는 큼직한 돌멩이가 지어져 있었다. 힘드신데 웬 돌을 지고 가시냐고 여쭈어보았더니, 당신이 지고 가는 것은 돌이 아니라 금덩어리라고 했다. 세상에서 돌처럼 정직한 것이 어디가 있느냐며 세파에 휩쓸려 찍히고 못생긴 상처투성이의 돌일수록 더욱 정감이 간다고 했다.

그 말속에서 그동안 부딪혀 상처 난 내 삶의 일부분이 새삼 소중하게 느껴졌다. 그리고 고행길의 즐거움으로 꿈을 키워 가시는 그분의 철학이 사뭇 찡- 하고 가슴 한 곳에 꽂혀왔다.

보문사를 뒤로하고 돌아오는 발걸음은 한결 가벼웠다.

하루의 땀방울을 훔치며 돌아오는 길에 갑판 위에서 맴돌던 갈매기의 꿈을 다시 떠올리면서, 지금은 어딘가에서 휴식을 취하면서 다음 배를 기다리고 있을 갈매기의 모습이 그리움으로 여운을 남겼다.

그곳에 발길은 머물고…

주말을 달리는 강원도 길은 언제나 상춘객들로 붐빈다.

굴곡이 깊은 산등성이에 시야를 놓고 주변을 더듬어 붉게 물들어가는 들녘을 본다. 차창 밖으로 스쳐가는 경치는 한 편의 비디오를 보는 만큼이나 싱그럽다.

언젠가부터 우리의 문화는 주말을 자연과 더불어 즐기며 살고 있다. 그것도 심심산천의 외진 곳을 찾아보다 촌스러운 것에 초점을 맞추고 원시적인 생활을 갈망하며 체험의 시간을 갖는다.

지난 일요일에는 강원도에서 집을 짓고 자연과 친구삼아 살고 있는 지인 집을 방문하게 되었다. 아직은 직장 관계로 주말에나 들려서 잠깐 쉬어간다는 그들 부부는 산등성이에 전원주택을 아담하게 지어놓았다. 앞을 보아도 뒤를 보아도 산들이 둘러싸인 숲에서 자연과 벗 삼아 살고 싶어서 그곳에 집을 지었다고 한다.

도시의 시멘트벽이 아닌 황토방을 만들고 아궁이를 만들어

가마솥을 걸어 장작으로 불을 지피고 있었다. 아궁이에 걸려있는 가마솥을 보는 순간 어머니의 얼굴이 스쳐갔다. 건강하실 때까지 어머니와 연륜을 함께했던 소모품! 지금은 아마도 소중하게 생각했던 것들도 모두 잊어버리고 계실 것이다.

어린 시절 다락방의 추억을 부르는 통나무집 다락방에서 혼자만의 여유를 가끔씩 즐긴다고 했다. 내가 어린 시절에 우리 집에도 다락방이 있었다. 툇마루를 건너가면 안방에 이불을 넣어놓는 벽장이 있었고, 벽장 옆으로 문을 열고 3개의 계단을 올라가면 쾌쾌한 다락방이 있었다. 그곳에 어머니가 오래된 물건을 보관하는 정갈한 창고이기도 했다. 그 다락방을 여름이 오면 올라가서 가끔씩 책을 보다 잠이 들곤 했다. 옆에 아무도 없이 혼자만의 시간을 되새김질하면서 생각을 키워보는 다락방은 창문을 열면 앞산이 그림처럼 보이고, 마당에 피어있는 꽃들이 함박 웃는 모습이 더욱 아름답게 보였다. 눈 아래에 펼쳐진 매일 보던 들판의 모습도 다락방에서는 정겹게 느껴졌다. 그런 추억의 다락방 이야기는 많은 생각이 떠오를수록 우리의 운치를 더해주는 곳이다.

전원의 생활을 즐기다 보면 깊은 산속이어서인지 가끔씩 고라니가 내려오고 멧돼지를 만나기도 한단다. 집 앞 텃밭에는 갖가지 채소들을 가꾸어 우리의 밥상에 올라왔다. 그것들은 조금

씹히는 맛이 질긴 감이 있지만, 무공해라는 이름이 붙어서 더욱 소중하게 느껴졌다.

싱그러운 바람을 맞으며 테라스에 앉아있으니, 가을의 정취가 물씬 풍겨온다. 풀벌레 소리가 여기저기에서 들려오고 거침없이 퍼지는 햇살에 분칠한 들꽃들이 곳곳에서 얼굴을 내밀었다. 고추잠자리 떼들이 날아들고, 가을의 전령사 구절초가 마당 가득히 뽐내기를 한다. 집 뒷산의 나무들에는 갖가지 열매들이 열려있어서 그것들을 따다 효소를 담근다고 한다.

인간의 고향은 어쩌면 자연으로의 합류이다. 태어날 때는 각자 주어진 환경에서 태어나지만 마지막 생을 다할 때는 모두 한 줌의 흙으로 돌아가 자연의 일부가 되는 것이다. 도시 생활의 편안함을 꿈꾸며 살던 사람들도 도시에서 한동안 살다가 노후에는 결국 시골에 귀농하는 경우도 요즈음은 흔히 볼 수 있는 일인 것 같다.

『무소유』를 쓴 법정 스님도 산속 깊은 오지의 오두막에서 살다가 생을 마감하셨다. 타산적인 생활을 버리고 아무도 없는 고즈넉한 오지마을에서 살아가는 법을 스스로 터득하고 문명의 혜택을 배제하고 냇가에서 물을 떠다가 밥을 지어 먹었다고 한다. 그런 생활을 하다 보면 불편한 점이 많이 있을 텐데 스스로 그 불편함을 자청하였으니 자연과 함께하는 생활은 언제나 원시

적일 수밖에 없다. 법정 스님은 혹한이 찾아오는 겨울날엔 냇가의 얼음을 깨어다가 물을 끓여 먹었다고 한다. 이 이야기는 초자연적인 생활의 한 단면이다.

복잡한 일상생활 속에서 우리는 가끔은 혼자만의 시간이 그리워질 때가 있다. 도시의 빌딩 숲이 싫어지고 사람들과의 말씨름에서 벗어나고 싶을 때가 있다. 그런 때는 산속에 들어가 자연과 더불어 살다 보면 머리가 말끔해질 것 같은 생각이 든다. 그래서 그런 운치를 꿈꾸며 살아가는 사람들을 위해 숲속의 휴양림이나 펜션, 별장들을 짓고 살아가는 사람들이 많아졌다. 산등성이 곳곳에 그림 같은 집들이 지어져 있다. 그런 모습은 도시인에겐 어쩌다 보는 산속의 정취로 눈으로 보는 것만으로도 심신을 맑게 정화시킨다. 작정하고 떠난 가을 나들이가 풀잎들을 만져보고 흙을 밟고 걸어보는 하루 속에 가을 햇살처럼 소리 없이 영글어갔다.

소나무 향기가 물씬 피어나는 산길을 걸으며 삼림욕을 하고 자연의 전리품들을 어루만져 보면서 고향의 정취에 젖어 보는 삶의 정화 시간, 그 시간만큼은 가슴 깊은 곳에서 연기처럼 활력소를 뿜어대고 있었다.

가을은 쪽빛 하늘과 왠지 설렘으로 가득 찬 자연스러움의 조화이다. 한해의 결실을 만들어 내는 완성의 시간이 햇살에 머문다.

돌아오는 길, 저물어가는 하루가 햇살에 분칠한 들국화처럼 환하게 웃고 있었다.

돈

돈이란 정말 절대적인 존재인가.

흔히들 사람들은 돈에 울고 돈에 웃는다고들 말을 한다. 생에 있어서 가장 으뜸이라는 가치인 '사랑'이더라도 돈 없이는 진정한 사랑을 할 수 없다고들 한다. 이처럼 돈이란 인간에게서 절대 떨어질 수 없으며 하나의 존재처럼 대접받으며 공존하지 않을 수는 없나 보다.

돈, 현실적으로 생각해보자. 내가 이렇게 글을 쓸 수 있는 것도 거금의 돈을 컴퓨터에 투자했기 때문이고 종이며 전기 등도 마찬가지다. 어느새 돈이 없으면 아무것도 할 수 없는 우리의 현실이 되어버린 것이다. 언젠가부터 문명의 혜택을 누려온 우리는 그만큼 자신도 모르게 점점 돈의 노예가 되어버린 것이다. 아니, 돈이 없으면 하루도 살 수 없는 투정쟁이가 되어버린 것이다.

자연을 벗 삼아 살아가는 정글 속의 사람들이라든가, 문명의 혜택을 등지고 살아가는 지구촌 오지마을의 원주민들의 삶을 가끔 매스컴을 통해 보게 된다. 나는 우리의 현실과 동떨어진 그들의 생활을 보면서 그네들의 생활을 호기심 어린 표정으로 즐겨 본다. 또 다른 세계가 지구촌 어딘가에서 원초적 본능으로 살아가는 그들의 생활을 보면서 그들의 생활이 맑고 순수한 아침 이슬처럼 보일 때가 있다. 어느새 문명의 편의에 길든 우리에게는 그들의 답답한 일상들이 한심하게 보이는 부분도 있지만, 그네들의 자연의 법칙에 순응하는 겸손한 마음이 행동으로 드러나는 것 같아 절로 고개가 숙여진다.

자연이 주는 무상의 자원들, 생존할 수 있는 동물들과 함께 열매를 따 먹으며 공존하는 삶, 그리고 그들 나름대로 자연스레 형성한 규칙과 원칙이 있기에 자연인에게 돈은 무가치한 것이었다. 모든 먹거리와 도구까지 스스로 자급자족하는 원시적인 생활, 그리고 문명인의 생활을 비교했을 때 과연 문명인이 행복하다고 자신있게 말할 수 있을까?

돈으로 인해 고통을 받고 마음고생을 죽을 때까지 일하는 우리의 문명사회가 결코 행복하다고만은 할 수 없으리라. 넘치는 과욕과 쾌락의 편안함을 누리기 위해서 너나없이 부조리의 숲을 이루는 사회. 그 숲속에서 좀 더 돋보이는 사람이 되려고 부를 위한 끊임없는 투쟁이, 속세의 간교함이 역겨울 때도 있다. 그런 속세의 생활이 싫어서 종교에 입문하여 도인이나 성인이 되는 걸 꿈꾼 다거나, 혹은 초야에 묻혀 남다른 삶을 영위하기 위하여 살아가는 방향을 바꿔 보지만 결국은 돈이 없으면 그 길도 힘들 수밖에 없는 것이다.

물질적인 사랑보다 지적인 사랑만 있으면 된다고 외쳐대는 젊은이의 사랑도 시간이 지나면 돈 때문에 싸우고 이별하는 경우가 많다. 물질만능의 사회. 그 속에서 숨 쉬는 우리는 갈망하는 돈의 위력 앞에서 언제까지 생존경쟁은 계속될 것인지….

우리의 인생은 빈손으로 왔다가 빈손으로 가는 이치를 모르는 바도 아닌데, 자신도 모르게 내면 깊숙이 잠재한 돈에 대한 욕심은 죽어야만 해결되는 것인가 보다. 재벌들의 장례식에서 언제나 들려오는 이야기를 우리는 잘 알고 있다. 그들이 아끼고 소중하게 여기던 그 많은 돈을 한 푼도 가져갈 수 없다는 가장 쉬운 진리를.

어떤 주부의 이야기가 있다. 젊어서 돈이 없을 때는 정말 부부애가 깊었다고 한다. 단칸방에서 연탄불에 밥을 해 먹고 서로 마주 보며 웃던 부부가 언제부터인지 돈이 많이 생겨 좋은 집에 호의호식하게 되니, 남편은 쾌락주의로 흘러가고 그렇게 화기애애하던 가정은 무덤처럼 삭막하더라는 것이다. 그 가정의 원인은 돈이었다. 돈이 많으니 가족 앞에서 눈 가리고 아웅 하는 거짓된 삶을 살다가 흔히들 돈 앞에서 파멸하게 되는 것이다. 그리고 세상 사람들은 꼭 한마디 한다. "그 사람 돈을 많이 벌더니 그 지경이야."

그렇다면 돈은 진정 우리의 애물단지일까? 꼭 그렇지만은 않다는 걸 우리들 자신이 너무나 잘 알고 있다. 많지는 않지만 꼭 필요할 때 우리에게 생기는 돈은 그 무엇에 비유할 수 없을 만큼 행복하다. 죽어가는 생명의 불꽃이 될 수 있고, 힘없는 생활에 활력소가 되어주기도 한다.

돈. 이젠 우리 스스로 결론을 지을 때가 된 것 같다.

우리의 현실에서 돈이란 절대적인 존재 가치를 갖고 있다. 그러나 그것을 어떻게 벌어서 어떻게 쓰이는가에 따라서 더욱 그 가치를 인정받는다고 생각한다.

어떤 종교 단체에서 있었던 일이라고 한다. 매월 특정한 날을 정해 놓고 거지들에게 소액의 돈을 주었다고 한다. 그때를 기다리던 거지들은 그곳에 와서 종이 줍기라든가 작은 일이라도 노동의 선심을 쓰는 사람에게는 일금 만 원의 돈을 주었고, 그냥 지나치는 사람에게는 오천 원의 돈을 주었다고 한다.

그러자 조금이라도 성의를 보이고 일금 만 원을 타가기 위해서 신경을 쓰는 사람들이 대다수였다. 하지만 유일하게 한 사람만이 아무 일도 하지 않고 오천 원의 돈만 타가더라는 것이었다. 그래서 하루는 그 사람한테 기왕이면 휴지라도 줍고 만 원을 타 가면 좋지 않으냐고 했더니 그 사람 왈, 만 원을 받은 사람은 노동자이고 자신은 순수한 거지이기 때문에 자기의 행동에는 잘못이 없다는 것이었다. 거지로 살아가기로 작정하고 살아가는 사람도 있으니….

우리는 이 이야기에서 많은 생각을 하게 된다. 노동의 가치와 돈의 가치를 조심스럽게 논하면서 "일하기 싫은 사람은 먹지도 말라"는 명언이 생각난다. 누구나 살아가는 방법은 자유지만 그래도 피땀을 흘린 돈의 가치야말로 영원하리라. 속담에 "개같이 벌어서 정승같이 써라"는 말도 있다. 결국 '돈'이란 어떻게 벌어서 어떻게 관리하는지에 따라서 그 가치론을 평가받을 것이다.

아, 그래요

언젠가부터 나의 버릇이 취미가 되어 생활 속에서 자리를 잡아가고 있었다. 약간의 호기심과 장난기가 발동할 때 그리고 혼자 조용히 시간을 보낼 때면, 거리의 풍경을 감상하는 버릇이 자연스럽게 취미가 되어갔다. 아파트 베란다에서 보는 거리의 풍경이나, 한가할 때 길을 걸으며 우리네 삶의 보금자리를 엿보면 심심치 않게 입가에 미소를 머금게 된다.

남녀노소 할 것 없이 삼삼오오 짝을 지어 걸어가면서 무언가 진지한 대화를 나누는 모습들을 보면 '더불어 사는 우리네 인생의 모습이 이런 거구나!' 하고 새삼 깨닫는다. 살아가면서 대화가 없는 도시라든가 동네가 있다면 얼마나 삶이 무료할까?

산이 있고 물이 흐르는 동네 어귀, 고목의 그늘 아래서 아무렇게나 모여 앉아 이야기하며 너털웃음을 웃는 촌부의 모습은 얼마나 아름다운가? 또 도시의 차량 소음을 뚫고 유치원의 열린 창문으로 아련히 흘러나오는 어린아이들의 재잘거림은 시골의 병아리 떼나 새들의 합창처럼 정겹고 청정하다.

혹은 하굣길 책가방을 메고 걸어가며 희희낙락거리는 청소년들의 대화 속에서 어떤 재치와 생동감이 넘치는 삶의 활력소를 느끼게 한다. 그런가 하면 노인들의 잔잔한 대화는 인생의 종착역에서 느끼는 멋진 인생의 마무리하는 방법을 배우게 한다. 이런 생활 속에서, 우리는 좀 더 매끄럽고 신바람 나는 인생을 살아가기 위해서, 어떻게 하면 대화를 잘할 수 있고 상대에게 청량한 말이 전해질까를 생각하게 된다.

길을 걸으면서 잔잔한 대화를 나누며 걷는 행인들의 모습을 보면 그 속에는 한 편의 콩트나 생활 속의 정겨움이 펼쳐질 거라고 느껴진다. 약간의 제스처와 웃음 섞인 대화 속에는 보는 사람에게 평안함을 느끼게 한다. 아니 때로는 궁금증과 상상력을 불러일으키게도 한다. 길을 가면서 박장대소하며 얘기하는 모습을 볼 때는 '얼마나 재미있으면 저럴까?' 하고 어떤 이야기를 하는지 붙잡고 물어보고 싶을 때도 있다.

말, 말, 말…. 수많은 말의 홍수에서 자기의 의사 전달을 하기 위해서 목소리를 높이는 것은 현대인에게는 흔히 볼 수 있는 일이다. 특히 어떤 모임이라든가 논의가 있는 장소에서는 목소리 크고 논리가 정연한 사람의 의견이 다수의 선택을 얻게 되어있다.

그런데 그 속에서 상대의 말을 멈추게 한다든가 대화의 중간에 끼어들어 자기의 의견을 대중화하려고 애쓰는 사람도 보게 된다.

남의 말은 들으려고 생각하지 않고 자기의 말만 앞세우며 주장하는 사람이 있는가 하면, 스스로 묻고 스스로 긍정하며 대답하는 경우도 가끔 본다. 그런 사람이야말로 참 말발이 센 사람이라고들 얘기한다.

그러나 그중에서도 열심히 상대의 말을 경청하고 묵묵히 침묵을 지키면서 간간이 의견을 얘기하는 사람도 있다. 상대의 말을 충분히 잘 듣고 난 후에 자기의 말을 조심스럽게 던져보는 사람은 보는 이로 하여금 존경심마저 들게 한다.

조용히 자기의 발언을 하면서 남의 얘기를 경청하는 태도에서 그 사람의 높은 품위와 고상한 인격을 알 수 있다. 흔히들 말을 잘하려면 우선 남의 말을 잘 들어야 한다고 한다. 상대의 말을 잘 들으면서 그 사람이 말하는 핵심을 체크하고 정리해서 답변한다면 대화를 잘 할 수 있다고 한다.

그러나 생각대로 되지 않는 것이 우리의 현실이다. 나름의 개성과 주관을 앞세우다 보면 상대의 말에 공감하기보다는 자기 의견을 주장하며 관철하고 싶어진다. 커다란 목소리로 말을 하는 사람은 그 나름대로 천성적인 성격을 얘기할 수도 있다. 하지만 대화 중 상대방 말의 흐름을 막는다든가, 자기 말만 앞세워 아무도 끼어들 수 없게 말을 차단하는 경우는 대화의 맥을 끊는 결과를 초래한다. 대화하다 보면 상대의 말을 무시하는 발언으로 상대의 기분을 상하게 하는가 하면, 자기의 말만 옳은 말인 양 억지를 쓰기도 한다. 그런 대화를 하면 벌레를 씹은 것처럼 씁쓸함만 남을 뿐이다.

이런저런 말들과 더불어 사는 우리에겐 특히 말을 조심스럽게 해야 한다. 말은 하기 전에 상대에게 필요한 말인지, 기분은 상하지는 않을지 먼저 생각해야 한다. 나도 즉흥적으로, 기분 내키는 대로 상대에게 말을 던졌다가 상대에게 상처를 주고는 '내가 왜 그랬을까?' 하고 돌아서며 후회한 적이 한두 번이 아니다.

'말'이란 한번 내뱉으면 다시 주워 담을 수도 없는 물과 같다. 그래서 언제나 말을 하기 전에는 신중히 생각하며 말하는 버릇을 길들이지 않으면 그 후에는 후회와 낭패만 남게 되는 것이다. 말하기 전에 십 초쯤 생각한 후에 행하면 실수를 덜 할 수 있다고 한다.

내가 다니는 성당에는 얼마 전에 새로운 원장수녀님이 부임해 오셨다. 연세도 지긋하시고 자그마한 체구에 인자하신 모습을 겸비하고 계신 수녀님의 첫인상에서 수도자와 봉사자의 위엄을 느낄 수 있었다.

평소에 말씀이 없으신 그분은 어쩌다 신자들이 말을 청하면,

고개를 5분을 가리키는 시곗바늘의 자세를 갖추시고 조용히 상대의 말에 귀를 기울여 들으시고는 "아, 그래요." 하며 조용히 한마디 하신다. 조용히 상대의 말을 들으시고 "아, 그래요." 하시는 그분의 모습에 우리는 절로 고개가 숙여진다.

요즈음 정치에 뜻을 둔 사람들의 자기주장을 앞세우기 위해서 남의 말은 듣지 않고 목소리 높이기에 급급하다. 그런 상황일수록 말과 대화에서는 목소리만 키우는 게 능사가 아니다. 오히려 조용히 속삭이듯 "아, 그래요." 하는 자세가 필요하지 않을까?

자기의 주장을 앞세우기 전에 먼저 상대의 말을 잘 듣는 자세야말로 더불어 사는 우리의 삶이 시냇물의 속삭임처럼 아름다워질 거라 생각한다.

관심

사람이 살아가면서 어떤 것들에 집중하거나 세심한 관심을 갖는다는 것은 가끔은 생활의 활력소가 된다. 나이가 들면서 사물에 점점 호기심이 없어지고 모든 게 귀찮아지기 쉬운데, 그런 것들을 극복해 간다면 삶이 누구보다도 풍요로워 지리라.

얼마 전부터 내 일상에 자연스럽게 포착되는 그림처럼 드리워지는 풍경이 내 눈 안에 들어왔다. 나는 날마다 버스를 타고 출근한다. 출근길은 언제나 신갈오거리에서 신호를 받는 시간이 길어질 때가 많다. 그 시간을 차창 밖으로 시선을 돌려 지루함을 달래곤 한다.

그럴 때마다 내 눈을 즐겁게 하는 광경을 볼 수 있었다. 개천의 물가에서 하얀 깃털을 갖은 통통한 일명 '오리부부'가 놀고 있었다. 그들은 언제나 밀착된 몸짓으로 다정하게 풀밭에 앉아있었다. 언제부터 누군가 그곳에 데려다 놓은 것인지 알 수는 없지만, 하루 중에 이른 아침부터 내가 볼 수 있다는 것은 부지런한 주인이 뒤에 있음을 알 수 있다.

그들은 가끔씩 물가에 앉아서 지내기도 하지만 더러는 물속에 몸을 담그고 깃털을 가다듬거나 물놀이를 즐기기도 한다. 풀밭에 앉아 햇살에 몸을 말리고 있을 때면 부리로 물을 찍어 깃털을 가다듬는다. 그 모습이 내게는 참 신기하게 느껴졌다. 그때마다 오리의 일상을 엿보는 재미가 더해갔다.

날마다 출근할 때면 습관적으로 내 눈이 개천가로 향하는 걸 느낄 수 있었다. 그리고 생각은 꼬리에 꼬리를 물었다. 그 오리부부가 어떻게 해서 그곳까지 오게 되었을까? 날마다 그들을 같은 장소에 데려다 놓는 사람은 누구일까? 오리들은 생리적으로 자연을 좋아하고 물가가 고향처럼 그리워하는 조류이지만 요즈음 도시생활에서 그들의 마음에 드는 쾌적한 공간을 찾기란 참 어려운 일인데… 더구나 한때는 조류독감으로 가까이하기를 꺼리던 동물이기도 하다.

'개천 길가에는 오리탕 집도 많은데 누군가 한 끼의 식사를 위해서 사육하는 것은 아닐까? 아니면 무척 오리를 사랑하는 어떤 사람이 정성스럽게도 그들을 키우는 것은 아닐까?' 상상의 나래를 펴지기도 했다.

오리부부는 아침뿐만 아니라 저녁에 내가 퇴근할 때까지도 같은 장소 같은 위치에서 건재하게 놀고 있었다. 그들은 누가 보아도 쾌적한 공간에서 행복한 한 쌍의 오리부부로 살아가고 있던 것이다.

그러나 세상에 영원한 것은 없는 것일까?

여름 한 철이 다 가도록 그들을 보는 재미로 그곳을 바라보았는데, 찬바람이 불면서 요즈음 그들이 보이지 않는다. 얼마 전까지도 두 마리 중 한 마리가 물가에서 놀고 있더니 그마저 내 시야에서 보이질 않았다. 어떤 사연이 있는지 아무도 모른다. 지금은 다만 내 일상에서 그들을 바라보면서 행복했던 기억만이 아쉽게 여운으로 남겨지고 있다.

어느 날부터 빈 물가에는 다리가 길고 목이 긴 백로만이 먹이 사냥을 하고 있다가 날아가 버리곤 한다. 한동안 저녁이면 오리부부 이야기로 식구들과 담소하며 웃음을 나누던 화젯거리도 내 일상에서 멀어져 가고 있었다. 그리고 내 눈에서 멀어져간 그들이 부디 어딘가에서 건강하게 살아갔으면 하고 영원한 사랑을 위하여 마음속으로 빌었다.

바람이 살포시 내 옷깃을 스쳐간다. 거리의 낙엽들이 하나둘 마음을 비워간다. 내 마음도 스산한 바람 따라 시간을 비워갈 즈음 그리고 매일 내 일상의 기쁨으로 보였던 오리부부의 정이 마치 봉숭아 물을 들은 손톱의 색깔처럼 조금씩 점점 날아가면서 희미해져 갔다.

어느 날 출근길에 아파트 엘리베이터를 타고 내려가던 길에 다정한 젊은 부부를 볼 수 있었다. 나와 같은 라인에 살고 있는 그 부부는 가끔 나와 마주치는 일이 있는데 언제나 부인이 엘리베이터까지 남편을 배웅하고 있었다. 잘 다녀오라고 출근하는 남편에게 목례하고 엘리베이터 안에 있는 나에게도 미소를 지으며 눈인사한다.

그런 일을 여러 번 보았던 나는 말은 못 하고 '참 요즘 드문 잉꼬부부구나' 생각했다. 그리고 그 사람과 엘리베이터를 타고 같이 내리면서 그분의 뒷모습을 보고 뭔지 어깨에 힘이 들어가 있는 모습을 느낄 수 있었다. 요즘 경제의 어려움으로 남자들의 떨어진 위상이나 고개 숙인 남자들이 많다는데, 저렇게 남편에게 힘을 불어넣는 부인도 있던 것이다. 매일 마주치는 부부는 아니지만 그 모습이 참 아름답게 느껴졌다.

또 어떤 날 출근길 엘리베이터에서 그들과 마주쳤다. 나는 그날도 남편을 배웅하는 부인에게 눈인사를 보내고 그 남편과 함께 엘리베이터를 내려갔다. "참 행복하시겠네요. 저렇듯 매일 아침 배웅을 해주는 부인이 있어서…." 내가 얘기하자, 그는 겸연쩍게 웃으며 머리를 긁적인다. "우리는 서로 그렇게 살아가기로 약속했어요." 답했다.

요즈음 젊은 부부들은 부인이 아침밥도 안 해주고 이불속에서 눈인사로 남편을 출근시킨다고들 하던데… 참 보기 좋은 풍경이었다.

내가 젊었을 때도 그랬었던가?

나이를 먹어가면서 부부는 끈끈한 정으로 살아간다지만, 서로 조금만 관심을 가지면 정을 넘어서 더 아름다운 사랑이 될 것이다. 그 부부를 보며 내 안에서 멀어져간 오리부부가 떠올랐다. 언제나 뒤뚱거리며 엉덩이를 비비며 같은 포즈로 매일 물가에서 놀던 모습.

아름다운 행동이나 귀여움은 보는 눈을 즐겁게 하고 우리의 마음을 기쁨으로 승화시킨다. 어떤 것에 관심을 갖는다는 것은 내가 살아있음이요, 아직도 젊음을 간직하고 있음의 증거이기 때문이다.

살아가는 방법

시골에 가면 정겨움과 향수를 생각하는 것 외에 벌레에 대한 나만의 징크스가 있다. 여름철 모기들이 아우성을 칠 때면 모기들을 피하기 위해 별의별 수단을 다 동원하곤 한다. 그런데도 어쩌다 모기에게 물리기라도 하면 금방 물린 자국이 벌겋게 부어올라 며칠 동안을 고생한다. 그뿐 아니라 가장 여리다고 소문이 나 있는 하루살이나 개미에 물릴 때도 세상을 몰라라 할 정도로 물린 부위를 긁어대며 고통스러워했다. 그런 나를 볼 때면 어머니는 생기다 만 아이 같다고 걱정하셨다. 다른 사람들은 나의 이런 피부 상태가 알레르기 피부 때문이라고도 했다. 그런 나에게 어느 날 시골에서 있었던 일은 잊을 수 없는 기억으로 남아 있다.

쓰르라미가 우는 한나절 우리 형제들은 대청마루에 앉아 점심을 먹고 있었다. 어머니께서 만들어 주시는 음식들을 맛있게 먹으면서 밥상에서는 웃음소리가 떠나지 않았다.

한참 떠들썩하게 식사하는데, 막냇동생의 긴장된 목소리가 대문 저쪽에서 들려왔다. 뒷동산에 염소를 메러 나갔던 동생이 돌아온 것이었다. 먼저 아버지께 진지한 얘기를 하는 걸 보면 심각한 어떤 문제가 있는 듯했다. 가만히 귀를 기울이고 듣고 있으니 온몸이 오싹해졌다. 진드기라는 벌레가 염소의 온몸에 붙어 피를 빨아먹고 있다고 했다. 고통스러워하는 염소를 발견하고 관찰한 동생이 그 끔찍하고 야비한 벌레를 발견한 것이었다. 동생의 이야기를 들으신 아버지께서는 "아하!" 하시고 놀라시며 "그래서 요사이 염소가 바짝 말랐구나." 애처로워하셨다.

밥을 먹던 우리는 진드기의 이야기를 듣고 모두 의아해하며 공포 분위기로 변했다. 그런 분위기에 동조하듯 대학교에 다니는 조카아이가 말을 덧붙이며 다른 이야기가 시작되었다.

며칠 전, 몸이 불편하신 할머니께서 가슴팍을 긁적이면서 뭐가 있는지 보아달라고 하기에 조카아이가 들여다보니, 조그마한 벌레가 할머니의 앙상한 가슴에 붙어서 떨어지질 않더라는 것이었다. 간신히 잡아서 떼어내긴 했는데 그 벌레가 물었던 자리가 한동안 벌겋게 부풀어 있었다고 했다. 생각할수록 아찔한 순간이었다. 그처럼 조그만 벌레가 사람의 몸에 붙어서 기생을 시작했다니 이 얼마나 긴장되는 일인가! 갑자기 화기애애하던 점심시간이 점점 으스스해지기 시작했다.

아버지는 동생의 말을 듣더니 "나랑 빨리 밥을 먹고 뒷동산에 올라가 보자!" 하셨지만 무얼 가지고 그놈을 처치해야 할지 모르겠다고 한참 동안 고민하셨다. 그러시더니 빠르게 식사를 마치시고 아버지와 동생은 뒷동산으로 달려가셨다.

평소 벌레에 대한 두려움이 컸던 나는 진드기 이야기에 촉각을 곤두세우고 있었다. 어머니의 가슴팍의 피를 빨아먹은 그 벌레에 대한 공포 분위기가 이어졌다. 그리고 금방이라도 툇마루로 기어들어 올 것만 같은 벌레의 기운에 잔뜩 긴장되었다. 아버지의 적극적인 성격으로 빠른 시간에 그놈들은 전멸하겠다는 생각은 들었지만, 눈도 어두우시고 거동도 시원찮은 어머니가 진드기의 횡포를 어떻게 극복하실지 걱정되었다.

얼마 후, 아버지와 동생이 개선장군처럼 집으로 들어섰다. 주로 배 부분에 기생하고 있던 흡혈귀 같은 그 벌레를 모기약을 뿌려서 퇴치하셨단다. "지독한 놈!" 아버지의 동물 사랑이 반사되듯 이글거리는 증오의 말씀이 되려 시원스럽게 들렸다.

평화로운 시골의 한낮에 일어났던 괴괴한 벌레의 이야기는 집으로 돌아오는 도중에도 그 감정이 지워지지 않았다. 행여 먼지와 함께 묻어와 승용차 어느 부분에 붙어있지나 않을는지 모른다는 의혹은 쉽게 떨쳐 버릴 수가 없었다. 운전대에 앉은 동생의 뒷머리를 세밀히 관찰하는 나의 눈은 아프다 못에 시려왔다.

서양의 드라큘라 영화를 보는듯한 기분이었다. 드라큘라에 물린 사람은 흉한 덫니를 가지고 있으며 또 다른 인간에게 전염시키기 위해서 눈을 번득이며 살아가는 이야기는 피를 빨아먹는 진드기, 드라큘라. 어쩌면 인간에게는 필연적인 적대관계라고 얘기할 수 있으리라.

만물의 영장이란 인간도 때로는 살아가기 위해서 그 어떤 희생의 대상을 찾는다. 다른 동물이나, 식물 등 모든 존재도 자기 가치를 합당하게 키워나가기 위한 수단과 방법을 찾아 끊임없이 헤맨다. 그건 생명을 가진 존재로서 당연한 일이다. 그러나 인간이 아닌 벌레들의 살아가는 행위에 혐오감을 느끼고 공포심을 갖는 것은 당연한 것처럼 생각된다. 간간이 구역질 나고 소름 끼치는 일이라고도 생각한다.

인간의 살아가는 방법과 벌레의 생존을 위한 끊임없는 노력은 서로 필요와 가치의 척도가 다르기 때문이 아닐까? 때로는 인간도 자기가 살기 위해서 누군가의 기생 대상 찾는 행위를 할 때가 있다.

다음 속담은 이를 잘 나타낸다.

"아흔아홉 갖은 사람이 일백을 채우기 위해 하나 갖은 사람의 것을 빼앗는다."

인간이 살아가기 위해서는 여러 가지 방법론을 펴지만 그래도 만물의 영장이라는 인간이 일부분 벌레들의 살아가는 방법을 이용하거나 흉내를 내어서도 안 될 것이다.

한낮의 시골에서 일어난 진드기 사건으로 진저리나는 공포를 느꼈다. 그리고 그 벌레의 살아가는 방법과 인간이 살아가는 방법이 어떻게 같고 다른지를 잠시 생각해 본다.

산을 오르며

초여름은 파란 카펫을 깔고, 누군가의 방문을 기다린다.

산은 삶에 찌든 이들에게 희망을 잉태시키고, 그런 산을 오르는 순례자들의 발걸음은 활기차다. 산천을 애호하는 등산객들은 그 무엇에 반하여 먼 길을 달려오는지.

로프로 이어지는 산등성이는 험난한 인생의 단면을 말해준다.

편편한 평지가 있는가 하면 울퉁불퉁한 자갈길이 나오고, 샛길이 열리는 숲, 골목을 지나면 커다란 만남의 광장이 기다린다.

"안녕하세요?"

땀에 젖은 얼굴들이 자신감에 넘친 모습으로 인사를 한다. 어디서 어떤 인연으로 여기까지 오게 되었는지 궁금하지만 모두 활짝 핀 진달래처럼 싱그럽다. 산을 오르다 보면 인간의 삶을, 한 권의 책장을 넘겨보듯 묵묵히 읽어 내려가는 신비로운 경지에 이르게 된다. 한 발 한 발 힘들게 오르고 나면, 가쁜 숨을 가다듬을 수 있는 내리막길이 기다리고 있다.

굴곡의 잔 영이 안개처럼 잠적해 오는 계곡.

시련의 발자국에 놀란 다람쥐가 쏜살같이 숲속으로 달아난다. 그리고 고행의 줄기처럼 이어지는 산등성이를 지나고 나면, 평화로운 마을이 성스럽게 기다린다.

조용히, 아주 조심스럽게.

숲속의 요정처럼 살포시 다가간 내 발걸음 소리에 응답하듯 살랑 이는 실바람이 땀방울을 씻긴다. 맺힌 땀방울 위로 스치는 바람에 온갖 피로가 한순간에 스러져간다.

바람결에 스치는 부드러운 깃털.

아하… 생각난 산새들이 푸드득 비상한다.

숲속 저 멀리 비상하는 산새를 따라 고개를 드니, 연륜이 산적한 암벽 틈새로 넘어지듯 걸쳐진 한 그루의 고목이 긴 역사의 한 자락을 휘감고 의연히 서 있다. 마치 세월의 잔영을 드리운 깃발인 양 바람 따라 흔들거렸다.

갑자기 환해지는 햇살이 얼굴을 스쳐갈 때, 터질 것 같은 초록 불빛이 산사를 밝힌다. 침울했던 응어리가 초록빛 햇살과 함께 녹아내린다. 그리고 저 깊은 곳에서 상념의 끝자락이 실타래를 타고 내려온다.

IMF 바람에 힘들었던 지난날들….

지난해, 우리는 무척 견디기 어려운 시간을 보내야 했다. 갑자기 닥쳐온 실직의 아픔과 경제적 공황으로 인하여 멍하니 하늘만 쳐다보며 옷깃으로 눈물만 훔치던 나날들. 산에 올라 바위에 걸터앉으니, 아우성치던 시대의 고통이 빠끔히 얼굴을 내민다. 슬펐던 일 기뻤던 일들이 설익은 산딸기처럼 씁쓰레한 표정으로 눈앞에 서성인다. 기도하는 마음으로 눈을 감고 발돋움하는 생의 뿌리들을 잠재워 본다.

한참 동안 여러 가지 상념에 잠겨 있는데, 어디선지 아- 하는 외마디 소리가 들려왔다. 고개를 드니 중년의 한 남자가 산 중턱 폭포에 서서 있는 힘을 다해 소리를 지르고 있었다. 소리는 쏟아지는 폭포 속으로 곤두박질을 치듯 사라져갔다.

얼마나 답답한 사연이 있길래.

요즈음 실직한 사람들이 마음을 달래려고 산을 오른다더니, 그도 그런 사연이 있는 건 아닌지. 생각이 거기에 이르자, 가슴이 아려왔다. 그동안 내 주위의 많은 사람이 명퇴 또는 실직의 아픔 속에서 헤매는 것을 보았다. 당한 사람들 가족의 뒷이야기를 들을 때엔 정말 그 애처로움을 말로 표현할 수가 없었다.

지금은 그들도 더러는 진로를 바꾸어 재기의 도약을 하고 있지만, 아직도 최후의 수단으로 공공근로에 참여하며 생계를 연명하고 있으니 시대의 고통은 피할 길이 없는가 보다. 하루

빨리 고통이 사라지는 시대가 와야 할 텐데 하는 마음이 간절할 뿐이다.

어디선지 진한 송진 냄새가 향수처럼 풍겨왔다.

오랜만의 삼림욕 전리품인가. 산을 오르며 만감의 실타래를 거둬들인다. 산은 누구나 반겨주고 커다란 가슴으로 감싸안는다. 특히 마음이 착잡한 이들에겐 삶에 활력소를 불어넣어 준다.

언제나 우리네 삶을 어루만져주는 산.

산. 산이 있어서 우리는 얼마나 좋은지. 이끼 낀 바위에 잠시 걸터앉아 있다가, 인내와 포용을 배운 학생이 되어 뿌듯한 마음으로 산길을 내려왔다. 내려오는 길목에 튕겨오는 폭포수가 햇빛에 유난히 반짝였다.

사마귀의 여행

아침 출근길에 엘리베이터 앞에서 문이 열리기를 기다리고 있을 때, 한쪽 벽에 기어가듯 엎드려 있는 곤충을 보았다. 기다란 몸통에 불룩 튀어나온 두 개의 눈과 눈언저리에는 실처럼 가느다란 더듬이가 나 있었고, 허리를 중심으로 갈색 치마를 두른 듯 날개가 나 있었다.

첫눈에 이 곤충은 사마귀구나 하고 금방 알아볼 수 있을 정도로 낯이 익었다. 시골에서 흔히 볼 수 있는 조금은 공포심을 느끼게 하던 곤충류였다. 사마귀 대부분 초록색 날개를 지니고 있다. 그러나 갈색 날개를 지녔으면 '귀신사마귀'라고 불렀다. 조금은 으스스한 생각이 들어서 아이들은 잡지 않았다.

꼭 그런 이유만은 아니었다. 사마귀라는 곤충은 메뚜기나 방아깨비처럼 만지면서 가지고 놀기에는 조금은 거부감이 들었다. 어린 시절 소문에 의하면 사마귀에 물린 자리에는 사마귀가 생긴다는 얘기도 있었다. 은근히 두려움을 자극하는 곤충이 우리 집 앞에서 맴돈다고 생각하니 기분이 썩 좋지 않았다.

우리 집 문이 열리면 금방이라도 들어갈 것 같은 불길한 생각이 들었다. 그런데 어떻게 7층 아파트까지 올라오게 되었는지 몹시 궁금했다. 새로 지은 아파트로 이사를 한 지도 불과 몇 개월이 되지 않았다.

초가을의 정취를 자아내는 풀벌레들의 야외음악회가 열리는 밤은 덧없는 운치로 나의 마음을 흔들었다. 생각의 벤치에 앉아 싱그럽게 낙엽의 진실을 물들여 가는 정감은 어느덧 내 옆에 살포시 다가오는 가을을 영접하고 있었다.

또르르 또르르 귀뚜라미가 내 곁에서 우는가 하면, 어디서 날아왔는지 모르는 사마귀의 갑작스러운 출연이 교차되는 시절을 절감하게 한다.

가을은 어디론가 떠나고 싶은 계절이라고 했던가.

그날 퇴근 후 나는 깜짝 놀랐다. 문을 열고 들어서는 순간 혼자서 집에 있던 딸아이가 무서워서 떨면서 얘기했다. 사마귀가 자기가 가는 곳마다 쫓아다녀서 혼이 났다고 했다. 아침에 만났던 사마귀가 염려하던 대로 집안까지 들어온 것이다. 풀숲을 떠나 인간의 보금자리로 여행을 나온 사마귀 손님을 반갑다고 해야 할지 그렇지 않으면….

평소에 별로 좋은 인상으로 남아 있지 않은 곤충을 어떻게 해야 할지 난감했다. 생각 끝에 남자인 당신이 처리해야 한다고 남편한테 얘기했더니 “괜찮아, 사마귀는 물지 않아. 그냥 집안에서 같이 살면 되지 뭐.” 한다.

그렇지만 남편의 말처럼 도저히 같이 살 수는 없었다. 어떠한 일이 있어도 밖으로 내보내야겠다고 생각한 끝에, 거실 한가운데 떡 버티고 앉아있는 사마귀한테 바구니 끝을 기울이듯 가져다 댔다. 그러자 슬그머니 바구니 위로 올라오고 있었다. 빠른 손놀림으로 낚아채듯 바구니를 높이 쳐들고 베란다 창문을 열고 시멘트벽에 바구니를 힘차게 털었다. 그리고 황급히 창문을 닫았다.

불빛에 비친 바구니엔 사마귀가 없었다. 안도의 숨을 내쉬며 “이젠 괜찮아. 사마귀는 자기 집으로 날아갔을 거야.” 하며 아이를 안심시켰다. 밖은 깜깜했기 때문에 날아가는 건 보이지 않았지만, 혹시 벽에라도 붙어있지 않을까 해서 문을 열고 확인하고 싶지는 않았다.

다음 날 아침, 식탁에 앉아 간밤에 있었던 사마귀 이야기에 한창이었다. 그 사마귀의 정체를 알아보기 위해서 곤충에 대한 전문서적을 뒤적였다. 컬러판으로 나온 사마귀들의 종류 속에서 갈색 날개를 두른 사진을 보았다. 그리고 사진 밑에 쓰인 이름을 보니, 그동안 내가 알고 있었던 귀신 사마귀가 아닌 '좀사마귀'라고 쓰여있는 이름을 보았다. 이름까지 바꿔서 문전 박대한 간밤에 날려 보낸 사마귀한테 미안한 생각이 들었다.

그 후 며칠이 지났을까, 창문을 닫으려다 말고 다시 한번 자지러질 뻔했다. 그날 날려 보낸 사마귀가 창틀 밑에 넙죽 엎드려 있는 것이 아닌가! 너무나 놀라서 황급히 문을 닫아버리려다가 문틀에 끼면 금방 죽어버릴 것 같아서 손을 멈췄다. 그리고 천천히 손으로 가느다란 다리를 잡으려고 애를 써봤다. 그러나 사마귀는 잡히지 않았다.

어떻든 몸에 상처가 나지 않게 잡아서 오늘은 꼭 날려 보내야겠다고 생각한 나는 화장지를 뽑아 들고 가만히 등 뒤로 덮쳤다. 그러자 손끝의 감촉이 조그맣게 발버둥 치는 느낌이 왔을 때, 힘차게 허공을 향해 손을 뿌리쳤다. 파르르 날아가는 좀 사마귀의 실체를 볼 수 있었다.

날아가는 모습 뒤로 가을 여행을 떠나온 사마귀의 마음을 읽을 수 있었다. 어디론가 떠나고 싶은 계절 가을이 오고 있다는 것을….

제2부

첫눈

긍정적인 생각은 마음을 편하게 한다

대부분의 사람은 긍정적인 사고방식으로 모든 사물을 대하면 일이 잘 풀린다고들 한다. 그래서 우리는 때때로 긍정적인 삶을 살아가는 사람들의 실제 살아온 성공한 이야기를 담은 글들을 많이 읽기도 한다.

긍정적인 삶을 살아간다는 것은 어쩌면 현실적인 일상에서 그렇게 쉬운 일은 아니다. 부정할 수밖에 없는 일들을 그냥 눈감고 지나쳐 버리기에는 너무나 사회가 혼탁하기 때문이다. 바로잡기 위해서 선구자 역할을 하는 용기도 필요하지만 어느 한계점에서는 눈살 찌푸리는 일을 침묵으로 인내할 수밖에 없다.

우리의 대화 속에서 '왜?'라는 반문보다는 '네.'라는 대답에 평화로움이 보인다. 유난히 자연과 친구처럼 지내는 내 성격을 보고 사람들은 긍정적인 마인드를 갖은 성격 좋은 사람이라고 애기들을 한다.

그 말에 코끼리의 한쪽 면을 보고 하는 말이라고 마음 깊은 곳에서는 찔리는 부분이 웃음을 보내고 있지만, 그러나 나 자신을 가만히 생각해 보면 모든 것들을 긍정적인 생각으로 살아가는 편이라고 말할 수 있다.

모든 사물을 보는 시간 속에서 일어나는 일들을 될 수 있으면 좋은 쪽으로 생각하고 그들과 편하게 지낸다고나 할까? 산책길에 들꽃을 바라보며 평화를 꿈꾸고, 살아있는 모든 것에 감사와 고마움을 느낀다. 간간이 산책길에 나들이 나온 벌레들을 보며 '주어진 하루를 위해 그들도 나처럼 소중한 하루를 보내고 있구나' 하고 편안하게 생각한다.

베스트셀러로 유명한 『시크릿』이라는 책을 읽었다.

그 책 속에는 긍정적인 사고가 성공을 할 수 있었다는 체험적인 글들을 만나 볼 수 있다. 『시크릿』은 우리가 살아가는 데 있어서 많은 도움을 주는 '끌어당김의 법칙'을 얘기하고 있다. 자신만의 비밀을 간직한 삶의 척도가 어려움에서 극기할 수 있었고 원하는 것들을 소유할 수 있었다는 긍정의 힘을 말한다. 누구나 자신을 지배하는 그 무엇의 힘이 있기에 이 어려운 세상을 살아갈 수 있겠지만 성공한 사람들의 이야기 속에는 언제나 피나는 노력과 '할 수 있다'는 강한 집중력이 돋보이고 있었다.

얼마 전 읽은 이 책에서 나는 「감사하기」라는 글을 감명 깊게 읽었다. 우리의 삶에서 감사하기는 삶을 풍요롭게 해주는 확실한 방법이라고 말한다. 매사에 감사하는 마음으로 살아간다면 감사할 일들이 우리에게 다가온다는 것이다. 매사에 감사하는 일은 대단한 결과를 가져다주는 훈련이라고 한다.

매일 아침에 일어나 "고맙습니다. 감사합니다." 수없이 되뇌었더니 원하는 것들을 성취할 수 있었다는 얘기였다. 막연히 중얼거리는 것이 아닌, 일상에서 고마워해야 할 일이 무엇인지 깊이 생각해 보고 하나씩 짚어갔다는 것이다.

또한 "지금 있는 것들에 감사하라. 고마운 모든 일에 대해 생각해보면 놀랍게도 감사해야 할 일들이 끊임없이 꼬리를 물고 이어질 것"이라고 한다. 원하는 일들이 자기가 마음먹은 대로 풀릴 수 있었던 것은 마음먹은 대로 잘될 거라는 자기최면에 있었다. 그러면 원하는 대로 소원이 이루어지더라는 것이다. 생각이 간절하면 기적 같은 일이 일어난다는 말은 병상에서 병을 이겨낸 사람들의 이야기 속에서도 간간이 나오는 일이다.

우리 집 가훈은 '有志處在道(유지처재도)'이다.

'뜻이 있는 곳에 길이 있다'는 뜻이다.

미래가 불투명한 우리는 자기가 하고자 하는 일이 있다면 그 길을 향해 열심히 살다 보면 그 뜻을 이룰 수 있다고 생각된다.

어느 날 아침, 산책을 하다가 거미줄에 걸려 몸부림치는 노란 나비 한 마리를 보았다. 첫눈에 나비도 나처럼 아침 산책을 나왔다가 거미가 쳐놓은 덫에 걸리고 만 것이다. 거미줄에 걸린 나비는 필사적으로 몸부림쳤다. 하지만 움직이면 움직일수록 온몸이 감겨가고 있었다.

나는 그 광경을 보고 그냥 지나칠 수가 없었다. 그리고 주변을 두리번거리다 엉켜진 거미줄을 제거할 도구를 찾고 있었다. 마침내 작은 나뭇가지 하나를 주웠다. 황급하게 나뭇가지로 나비의 몸에서 거미줄을 떼어내기 시작했다. 어느 정도 거미줄을 떼어내자 나비는 잔디밭에 털썩 주저앉았다. 끈끈이로 얽혀진 나비는 선뜻 날지를 못하고 있었다. 그래서 다시 정성을 다해 거미줄의 잔해를 제거해 주는 작업은 내 마음속에서 시간을 재촉하고 있었다. 끈끈한 거미줄이 거의 어느 정도 제거되었다고 생각되었을 때 마침내 나비는 하늘 높이 날아가 버렸다.

얼마나 놀랐을까?

구사일생으로 살아난 나비는 제2의 일생을 살아가게 될 것이다. 마치 늪에 빠진 사람을 건져준 것처럼 마음이 뿌듯했다. 나비를 구해 준 그날의 내 이야기를 듣고 어떤 사람은 거미의 아침 식사를 방해했다고 나의 이야기에 반론을 제시했다.

모든 것은 생각의 차이다. 나름대로 어떤 생각으로 사물을 보고 느끼는 것이 해답일 수도 있다. 그러나 물이 흐르듯이 흘러가는 긍정적인 생각은 우리의 삶을 더 편안하게 이끌어 갈 것이다.

봄의 예찬

싱그러운 자태로 서 있는 가로수들이 봄을 길어 올리는 모습으로 웃고 있다. 머지않아 갈색의 옷을 벗고 새순을 키워갈 가녀린 나뭇가지가 여간 소중하게 느껴지지 않는다.

봄은 희망과 사랑을 잉태하는 산실이다. 새싹이 움트는 눈을 바라보고 있노라면 나도 모르게 새싹의 둥지로 빠져들어 가고 있는 착각을 하게 된다.

봄은 어느 계절보다도 생동감이 넘친다. 부드러운 햇살이 살포시 다가와 설레는 처녀의 마음으로 두근거릴 때면 지난겨울의 찌꺼기들이 아이스크림처럼 녹아내린다. 햇살이 따사롭게 비춰오는 계절의 발걸음을 가만히 귀 기울여 듣고 있노라면 우리의 마음도 봄을 맞을 준비로 어느 사이 바빠진다.

언덕배기 파란 싹을 바라보고 참지 못해 달려가는 마을 아낙네들의 바구니엔 어느덧 여린 봄나물들이 솜털도 가시지 않은 모습으로 웃고 있다. 시골 생활이 그리운 나는 봄이 오면 언제나 어린 시절의 정취를 잊지 못해 봄을 찾아서 봄나물이 쌓인 대형 유통 센터를 기웃거리는 버릇이 생겼다. 서리가 내리듯 냉기가 물안개를 연상시키는 매장 매대마다 햇것들이 '나를 보고 가세요' 하며 눈을 맞추려 하고 있다. 내 고향의 향수에 젖은 나물들. 냉이, 씀바귀, 쑥… 등을 볼 때면 어린 시절 봄을 찾아 들판을 거닐던 추억이 아지랑이처럼 피어난다.

봄은 새싹들의 축제라고 해도 지나치지 않으리라. 어린 시절 햇빛이 살포시 비춰올 때면 들판엔 겨우내 인내와 끈기로 이겨낸 보리의 싹들이 파란 옷을 입고 봄을 준비하고 있었다.

이랑이 두드러진 보리밭 골에는 멀리서 바라보면 산신령이 풀어헤친 머릿결 같은 달래의 싹들이 여기저기 자라고 있었다. 가느다란 싹이 모둠으로 올라오고 있을 때, 나는 그 어떤 싹보다도 달래의 그런 모습이 좋았다. 오묘한 자연의 걸작을 만져보듯 파란 보리밭 이랑으로 살며시 다가가 땅속 깊숙이 칼끝을 집어넣어서 달래의 뿌리를 캐노라면 둥그런 달래의 근이 수줍게 웃으며 내 손끝으로 끌려 나왔다. 마치 봄맞이 나온 수줍은 아이의 모습으로.

봄기운이 가득한 들녘을 거닐다 보면 어느새 옆에 낀 바구니에는 싱그러운 달래의 헝클어진 머리와 풋풋한 봄나물들로 가득 찼다. 봄에만 보고 느낄 수 있는 소중한 것들을 노래하다 보면 봄은 옷깃을 여미며 조용히 다가온다. 그리고 어린아이 같은 봄의 얘기는 깊어만 간다.

봄바람이 여물어 가는 어느 날 실눈을 뜨고 바라본 앞산에는 여기저기 분홍색 조명탄이 터진 것처럼 온통 핑크빛이었다. 아직 겨울나무들이 앙상한 나신으로 있는 틈바구니에서 피어나는 진달래의 모습은 아름답고 성스러운 꺼지지 않는 봄의 촛불이었다. 아니, 무한한 희망과 사랑을 잉태한 아름다움의 극치를 보여주고 있었다. 차를 타고 가다가, 때로는 무심코 거닐다가 나도 모르게 발걸음을 멈추게 하는 꽃의 마력에 꼼짝 못 하고, 넋을 잃고 서 있는 우리 마음은 누구의 마음인지 분간을 못 하고 감탄사만 부르짖을 뿐이다. '아! 정말 너무 아름다워…'라고. 가슴을 울리는 정겨움이 오래오래 봄의 찬가로 울린다.

수줍은 여인네의 모습으로 환생한 진달래의 자태와 함께 봄은 소리 없이 익어간다. 그에 질세라 노오란 개나리도 나비처럼 피어나 진달래와 더불어 미의 극치를 보여준다.

초가집 토담 벽을 따라 기어 올라가 어우러진 개나리의 모습은 감탄사가 절로 나온다. 요즈음은 아파트 울타리에 노란 휘장을 두르고 유유히 봄을 장식하는 개나리를 보게 된다. 축으로 늘어진 노오란 선을 보노라면 새롭게 보이는 감각이 도심 속의 메마른 정을 녹여준다.

어느덧 가로수의 밑동에는 물을 길어 오르는 두레박 소리와 함께 어린 싹이 얼굴을 내밀며 웃고 있다. 언 땅을 비집고 돋아나는 새싹의 용감함과 딱딱한 나무눈에서 기적처럼 솟아나는 새순으로 인해 끈질긴 생명력을 느낀다.

수양버들의 휘늘어진 자태를 본다. 가녀린 여인의 허리처럼 흔들거리다가 바람에 씻기여 겨울의 허물을 벗고 새살을 비집고 나오는 연둣빛 잎은 생명의 눈동자처럼 반짝인다. 바람에 나부끼는 수양버들은 연두색 치마를 두른 여인의 모습 같다.

얼마 전 강원도에 있는 치악산으로 봄나들이를 갔다. 계곡을 따라 구룡사로 향하는 발걸음은 숲속의 운치로 인해 가볍기만 했다. 도란도란 속삭이며 삼삼오오 짝을 지어서 걷고 있는 사람들의 표정이 도심을 잊어버린 듯 행복해 보였다. 그들도 봄맞이를 위해 산을 찾았을 것이다. 그러나 산사의 바람은 아직도 겨울을 얘기하고 있었다. 머지않아 터질 것만 것 같은 자태로 서 있는 목련의 꽃봉오리에서 다가올 봄의 향수를 느낄 수 있었다.

며칠만 지나면 터질 것 같은 도도함이 잠자듯이 엎드려 있다. 졸졸졸 흐르는 계곡물 소리가 부드러운 속삭임으로 들려온다. 간간이 겨울 외투를 두른 산새들의 비상이 제법 날렵하다.

자박거리는 낙엽의 감촉이 기지개켜며 속삭인다.

봄은 생명의 산실이라고….

곧 산고가 시작되면 새 생명은 태어난다고. 사람들아, 그 생명을 꼭 지켜달라고 말한다.

봄을 예찬하며.

블랙카드

시대가 발효되어 변종의 일화들을 엮어가는 세상 이야기 속에서 보는 이들의 마음을 가끔씩 엇갈리게 한다. 그래서 어쩌면 기후에 따라 적응할 수밖에 없는 현실을 탓하기보다 인정하고 다독이며 살아가고 있다.

어느 여름날 남편과 나는 부부 모임에 가기 위해서 길을 가다가 건널목 앞에서 행인들과 신호를 기다리고 있었다. 그런데 갑자기 내 옆에 젊은 청년이 "아얏!" 하고 비명을 질렀다. 그래서 돌아다보니 뚱뚱한 단발머리 젊은 여자가 한풀이하는 괴성을 지르며 주먹으로 청년의 머리를 쥐어박고 있었다. 보고 있는 우리는 너무나 황당하고 무서워서 나도 모르게 남편 뒤에 몸을 숨겼다. 세게 한 방 쥐어박던 여자는 우리의 시선을 의식하고 무어라 두런거리며 가던 길을 걸어갔다.

이런 것을 마른하늘에 날벼락이라고 하는가 보다. 황당해하는 우리를 보고 그 여자와 같은 동네에 산다는 아주머니가 말씀하시길, 저 여자는 남편도 있고 아이도 있는 여자인데 가끔씩 저렇게 정신이 나갈 때가 있단다. 저런 사람은 눈을 마주치지 말아야 한다고. 그 광경을 보던 우리는 한여름 소나기를 맞고 지나가는 기분으로 씩 웃고 말았다.

진정되지 않는 마음을 다독이면서 '마음 놓고 길 걷기도 심란한 세상이구나!' 했다. 우리는 이해할 수 없는 세상의 변화에 나도 모르게 적응해 가고 있나 보다. 생각에만 그치고 벌어진 일들을 길가에 서 있는 가로수처럼 순간을 이해하고 스쳐갈 수밖에 없다. 현실을 생각 없이 쉽게 망각으로 묻어버리는 것은 아닌지 모르겠다.

출퇴근할 때 대중교통을 이용하고 있는 나에게는 세상의 이런저런 일들을 자주 접하게 된다. 그때마다 의아해하는 일을 당하고 볼 때마다 처음에는 입을 벌리며 '저럴 수가!' 하다가도, '그럴 수도 있지' 하고 말문을 닫아버리는 경우가 한두 번이 아니다. 누군가 나서서 시정하려고도, 말리려고도 않고, 보고 느껴도 그냥 지나가 버리는 불감증 문화가 되어버렸다. 이렇게 되어버리기까지는 누구나 말하지 않아도 말없음표로 표현할 수밖에 없는 그 무엇을 알고 있음이다.

언젠가 밤늦은 시간 버스를 타고 가고 있었다.

어느 정류장에서 차가 멈추면서 빨간색 점퍼에 가벼운 몸빼 바지를 입고, 신발은 뒤꿈치를 구겨 신은 덥수룩한 머리의 할머니가 가볍게 차에 올라와 내 옆 좌석에 앉았다. 외모로 보아 약간 풀린 모습이어서 '술에 취하신 분인가?' 생각했다. 그런데 눈을 감고 무어라 알아들을 수 없는 말들을 지껄이며 히죽히죽 웃고 있었다.

내 귀로 들려오는 소리 중에서 자식들에게 뭔가 가져가라고 하며 혼자서 대화를 주고받으며 자기도취에 빠져 목소리를 허공에 날리고 있었다. 가끔씩 추임새처럼 가성을 하며 헛헛한 웃음으로 마무리를 하면서 몸을 흔들고 있었다. 노인의 외로운 독백인지도 모른다고 생각하며 아무 이야기도 할 수가 없었다.

우리는 가끔 연극무대에서 모노드라마를 볼 때가 있다. 세상 사는 이야기들을 현실감 있게 혼자서 넋두리하는 모습은 공감을 불러일으키며 많은 감동을 불러일으킨다. 그런데 바로 내 옆 좌석에 앉은 할머니의 독백이 그처럼 너무나 현실감 있게 느껴졌다. 그렇게 되기까지 얼마나 많은 인생 역경을 경험했으며 절제할 수 없는 독백의 시간이 있었을지 상상이 갔다. 그 광경을 보고 좀 안타깝다는 생각이 들었다. 내릴 곳이 어디쯤인지는 모르지만 집은 잘 찾아갈 수 있을는지 걱정하며 나는 할머니보다 먼저 정류장에서 내렸다.

어수선한 시대에 살아가는 우리는 이런 일들을 자주 눈앞으로 스쳐가는 것을 보게 된다. 그 모습들은 볼 때마다 어떻게 해줄 수 없는 내 능력의 한계를 절감하게 하기에 나를 슬프게 한다.

어느 날 나는 정말 용기 있는 행인을 볼 수 있었다.

그 사람은 우리가 할 수 없는 일을 자신 있게 해내고 있었다. 얼마 전 지인과 출판기념회가 있어서 전철을 타고 마천역을 향해 가고 있었다. 그런데 한참 만에 가던 전철이 종점에 닿았을 때 우리가 가고자 하는 역이 아닌 다른 역이었다. 그래서 승객 중 한 분에게 물어보았더니 다시 전철을 타고 다른 방향으로 갈아타고 가라고 친절하게 알려주었다. 그 역으로 가는 길이 두 갈래인 것을 우리는 몰랐던 것이다.

다시 되돌아 내려서 갈아탈 전철을 기다리는 동안 우리는 우리 잘못을 두고 한바탕 웃고 있었다. 그런데 갑자기 우리 앞에 밤송이 머리에 검은 점퍼를 입은 중년의 남자가 자기 입에다 검지를 세우며 주의를 주었다. 조용히 하라는 뜻이었다. 언뜻 보기에도 언어장애인이거나 날카롭게 쳐진 눈빛이 정상인이 아닌 것 같았다. 갑자기 우리는 웃음을 멈추고 긴장하며 그 사람을 바라보았다. 그러자 이번에는 가슴에서 까만 지갑을 꺼내어 높이 허공에 흔들며 우리 앞에 경고 표시를 하더니 뒤돌아갔다.

그 사람의 뒷모습을 보며 우리는 너무나 웃음이 나와서 한바탕 웃을 수밖에 없었다. 세상엔 저렇게 용기 있는 사람도 있구나! 감히 누구도 할 수 없는 일을 자신감 있게 해내고 뒤돌아가는 그 모습이 너무나 당당하게 느껴졌기 때문이다. 그리고 그 행인의 블랙 카드의 위력은 내 머릿속에서 오랫동안 내내 여운을 남겼다.

아버지의 가을

여름날 따가운 햇볕을 머금은 계절을 저만치 두고 스치는 소슬바람에 놀란 아이의 모습으로 가을은 소리 없이 올해도 내 곁에서 속삭이듯 얘기한다. 풍요로운 계절 가을이 왔다고….

가을이 오면 일생을 농촌에서 흙과 함께 살아오신 아버지의 바쁜 걸음걸이가 생각난다. 흙의 진리를 읽어 내려가시듯 묵묵히 살아오신 아버지. 좁다란 가을 들녘 논둑 길을 누렇게 익은 볏단을 지게에 지고 콧노래를 부르며 성큼성큼 걸어가실 때면, 아버지의 얼굴엔 온통 땀방울이 물방울무늬를 만들고 계셨다. 그럴 때마다 힘드신 줄 모르고 겉저고리 소매 끝으로 땀을 훔치시며 행복한 너털웃음을 웃으셨다.

아버지는 술을 좋아하셨다. 그런 아버지를 위해 어머니는 좋다는 약 뿌리들을 다 집어넣어서 손수 술을 빚으시곤 하셨다. 그 약 뿌리들은, 내 기억을 더듬어 보면, 시골에서 흔히 볼 수 있는 것들이었다. 진지차리, 쇠물팍, 엉겅퀴, 민들레… 아버지의 약이 되는 뿌리들로 술을 담그는데 한몫을 차지했다. 그런 술의 약효인지 아버지는 다른 사람들보다도 무척 건강하셨다. 틈틈이 목이 마르실 때마다 시원한 농주로 목을 축이시고 '고시레' 하시며 술잔을 비우시던 모습은 그 어느 성인의 해탈의 경지를 초월한 아버지만의 철학이 내면을 가득 채우고 계셨다. 아니 정말 어느 누구도 아버지의 행복과 견줄 수 없는 아버지만의 것이었다.

아마도 내가 알고 있는 아버지는 오로지 가을을 위해서 사시는 분이라고 해도 지나치지 않을 것이다. 봄이 오면 갖가지 씨앗을 뿌리시고, 싹을 틔우시고 그 싹이 잘 자랄 때까지 노심초사 마음고생을 하시며 정성을 다해 그 농작물들을 가꾸시는 일과가 아버지의 기운 속에서 신바람 나게 성장하고 있었다.

행여, 당신이 가꾸시는 농작물들이 잘못되지나 않을까 자나깨나 조바심하시다가 동네 사람들과 큰소리로 말씨름하실 때도 있으셨다.

어느 해이던가. 그해엔 비가 오지 않아서 땅이 갈라지고 중키로 자란 농작물이 가뭄으로 타죽어 가고 있었다. 그때 아버지는 밤잠을 안 주무시고 마치 기우제라도 지내시는 마음으로 바쁘게 서성거리셨다. 어디선가 가뭄을 대비해서 흘러들어온 물을 대시느라 밤을 낮처럼 삼으시던 아버지. 베적삼이 흠뻑 적시도록 땀을 흘리시며 걷던 좁다란 논둑 길은 바쁜 아버지에겐 넓기만 하셨다. 파란 모 포기 위로 희미한 손전등 불빛에 물레방아는 무겁게 돌아가고 한 발 한 발 내딛으시는 아버지의 발끝은 어둠을 휘저어 갔다.

멀리 툇마루에 서서 바라보는 어린 내 마음속에선 희미한 불빛을 좋아라 하며 엉겨 붙는 하루살이의 전쟁만을 볼 수 있었으니….

다음 날 아침. 아버지의 고함에 눈을 떴다. 간밤에 논에 물을 대셨는데, 잠깐 집에서 눈을 붙인 사이 누군가 물을 다 쏟아 가버린 것이었다. 공든 탑이 무너지는 허무함에 소리소리 지르시는 아버지의 절규가 하늘을 찌르며 넓은 들녘을 메아리쳐 갔다. 그때 그 목소리는 마치 죽음 앞에선 절박한 안간힘이었다. 그런 세월의 발자국을 남기고 한판 굿을 치른 아픔들이 어느덧 아버지의 땀방울만큼 풍성한 열매로 주렁주렁 열려있었다. 누렇게 익은 벼 이삭을 보시고 만감의 미소를 지으실 아버지를 생각하면 내 마음도 덩달아 흐뭇해진다.

가을이면 누런 볏단을 지게에 지고 동네 아저씨들과 들판을 누비시던 아버지. 볏단을 지고 가시는 발걸음에 최남수 아저씨의 구성진 노랫가락은 빼놓을 수 없었다. 아버지와 동년배이신 아저씨는 동네에 부고가 생기면 상여 앞에서 슬픈 목소리로 북

망산을 가는 사람의 마음을 대신해서 종을 흔들며 상여를 이끌어가시던 분이셨다. 생각하면 간단한 의식이라 누구나 할 수 있을 것 같은데 아저씨가 아니면 그 누구도 할 수 없는 일이었다. 그런 아저씨의 구성진 목소리로 볏단을 세시던 모습은 잊을 수가 없다.

볏단을 지게에 지고 집에 오셔서 아버지와 아저씨들은 해 질 무렵이면 벼 낟가리 쌓으시기에 바쁘셨다. 마당 한 귀퉁이에 둥그렇게 자리를 펴듯 볏단을 포개어 놓고 차곡차곡 쌓아가시는 일이 신바람 나게 진행되었다. 아저씨가 쌓아 올라가는 벼 낟가리 위로 올라가서 무너지지 않게 볏단을 고르고 있을 때, 키보다 높아지는 벼 낟가리를 향해 '하나요' 하며 힘차게 던지는 볏단을 곡예 하듯 받아서 같이 '한 나 여' 하고, '둘이요' 하면 구성진 목소리로 '두 울이여' 하며 이어지는 외침은 석양빛이 붉게 타오르며 어둠을 불사를 때까지 계속되었다.

흡족한 마음으로 볏단을 세시던 아버지의 마음속엔 작년보다 얼마나 더 농사가 잘되었는지 셈을 하고 계셨을 것이다. 그리고 하늘을 향해 높이 올라간 벼 낟가리를 보시고 아주 만족한 얼굴로 웃으시리라. 지금쯤 가을 햇살 속에 비춰진 들녘을 바라보시고 좀 더 나은 다음 해의 풍성한 설계로 아버지의 머리는 가득하시겠지. 맑은 날이나 궂은 날이나 들녘을 휘젓고 계실 아버지, 아버지는 지금쯤 한 해를 마감하는 땀방울을 닦으시며 마치 한

바탕 굿판을 벌인 무대에서 마지막 커튼을 치시는 기분으로 다음 해를 준비하고 계실 것이다.

출렁이는 황금빛 들녘을 누비고 다니실 아버지의 모습이 저만치 풍성한 가을꽃으로 승화되어 웃고 있다.

첫눈

꿈이 많았던 고교 시절 교정에는 항상 꽃이 피어났다.

햇살이 살며시 교실 안 깊숙이 스미어들 때면 우리는 창가에 기대어 창밖을 바라보고 있었다. 창밖엔 사철 푸르른 상록수가 그림처럼 드리워져 있고, 계절 감각이 민감한 은행나무는 어느 사이 가을의 스카프를 쓰고 샛노란 미소를 짓고 있다.

소리 없이 깊어가고 있는 늦은 가을.

하늘은 잿빛 연기를 뿌리고 무거운 여운을 잉태한 채 어떤 상황을 위해 시간을 지체하고 있었다. 작은 바람결에도 힘없이 스러져가는 낙엽의 잔해를 헤치고, 널찍한 플라타너스 잎이 운동장 저편에 누워있었다.

금방이라도 눈이 내릴 것 같은 예감이 우리들의 머리를 스쳐갔다. 누군가 큰소리로 "야! 눈이 올 것 같아." 하고 창밖을 향해 소리쳤다. 정말 하늘은 무언가 새로운 기적을 일으키려는 듯 스산한 얼굴을 하고 있었다. 우리의 함성이 사라지는 순간, 구름층 저 멀리서부터 바쁘게 달려오는 눈송이를 보았다. 그것은 분명히 눈이었다. 자욱이 번지는 눈송이 속으로 빨려 들어가고 있는 전율을 느낄 때, 우리는 시작 종소리와 함께 다음 수업 준비를 서둘러야 했다.

국어시간이었다. 우리 담임 선생님이시기도 하시다. 훤칠한 키에 라면 머리가 특징인 선생님은 '봉렬라면'이라는 별명을 갖고 계셨다. 순하시기로 이름이 쟁쟁한 노총각 선생님이셨다. 언제나 정감 어린 이미지를 향수처럼 풀풀 날리시는 선생님은 교실에 들어오시자 칠판에 커다랗게 "첫눈 나리는 날은 첫사랑에 눈뜬 처녀의 마음"이라고 쓰셨다.

솔방울 구르는 소리에도 자지러지게 웃었던 감성이 톡톡 튀는 여고 시절. 우리는 "와! 선생님 멋져요." 하고 입을 모았다. 선생님은 약간 흥분한 목소리로 "자, 우리 모두 창밖을 보자." 하시며 창문을 여셨다. 창밖은 어느 사이 눈의 천국으로 장식되어가고 있었다. 마치 다른 세계에 들어온 양 우리는 첫눈의 기쁨에 어쩔 줄을 몰랐다.

눈은 삽시간에 낙엽의 잔해들을 덮었다. 앙상한 나무가 나신의 모습으로 서 있을 때 하얀 털 코트로 포근히 감싸주는 정감 어린 광경이었다.

첫눈과 첫사랑은 어떤 인연의 끈이 있는 것일까?

선생님이 쓰신 글귀가 자신의 마음을 표출하듯, 그 무렵 선생님은 첫사랑의 여인과 깊은 사랑에 빠졌다는 소문이 자자했었다. 그리고 얼마 후 선생님은 결혼하셨다.

첫눈이 오면 첫사랑을 그리워하듯, 매년 첫눈이 오는 날은 선생님의 "첫눈 나리는 날은 첫사랑에 눈뜬 처녀의 마음"이라는 글귀가 떠오른다.

누구나 첫눈의 기억은 많은 에피소드를 간직하고 있을 것이다. 연초에 친구와 첫눈이 오는 날 호프집에서 생맥주를 마시자고 약속했던 기억이라든가, 젊은 날 설레는 마음으로 눈을 맞으며 무작정 거닐었던 일들이 새천년 올해에도 새롭게 눈송이처럼 피어난다.

여전하다는 것

아침에 일어나 눈을 비비며 부스스한 모습으로 거실에 나서면 간밤에 텔레비전을 보다 소파에 올려놓은 리모컨이 언제나처럼 눈에 들어온다. 그리고 베란다 중문을 열고 나의 작은 화원을 들여다보면 여전히 계절에 맞는 옷을 입은 화초들이 어제 입은 옷차림으로 여전하다. 잠깐 바라보고 있는 동안 화초 한 그루 한 그루가 소중한 추억을 간직한 그리움의 미소를 머금고 나와 눈이 마주치며 인사한다. 줄기차게 뻗어 가는 고구마는 지난해 어머니가 보내주셨다. 그 싹을 키워서 화분에 심었더니 잎이 열린 빨랫줄처럼 커가는 모습에서 어머니의 모습이 떠오른다.

지난겨울 밤을 사다가 오랫동안 까만 비닐봉지 속에서 잠재우는 동안 포근한 기온에 봄인 줄 알고 뾰족이 얼굴을 내밀던 밤톨을 흙에 묻었었지. 그런데 어느새 파란 잎이 여러 형제를 만들고 내 화원에서 키다리 밤톨 아저씨가 되어 커가고 있다. 그 옆에는 꽃집아가씨가 꽃집을 정리하면서 선물해준 동양란 여러 점이 고고한 자태로 자리하고 있고, 그 사이사이 화분대 위에는 키 작은 선인장이 "나도 있어요." 하고 얼굴을 뾰족이 내민다. 중심을 잡으려면 저를 보고 배우라는 듯 묵묵히 옆에서 씩씩하게 자라는 관음죽나무 그리고 제법 퍼진 모습으로 활개를 치는 단풍나무가 여전히 손바닥을 흔들고 있다. 그밖에 겨울에 꽃을 피우는 연산홍은 건장한 푸른 잎을 똘똘 모아서 묵은 잎은 사그리며 새 잎을 키워가는 잔잔한 모습이 귀엽기만 하다.

이름 모를 줄무늬 화초는 생명력이 강해서 추운 겨울이면 죽었다가, 그중 강한 뿌리 한 줄기만 있어도 일 년이면 다시 무성히 잘 어우러진다. 그런 화초 중의 화초가 여전히 잘 뻗어나가고 있다. '그래, 오늘도 여전히 잘 있구나.' 나는 중문을 닫고 주방으로 향한다. 아침 준비를 하는 내 손놀림은 언제나처럼 바쁘다. 생각이 많은 머리를 정리하다가 책꽂이의 책처럼 정교하게 꽂힌 내 생각은 서둘러 아침 준비를 한다. 수돗물 소리가 정적의 아침을 깬다.

얼마를 바쁘게 서성거렸을까?

아이의 방문이 슬그머니 열리면서 잠에서 덜 깬 듯 아이가 기지개를 켜며 "엄마~" 하고 일어나 나온다. 고3 공부에 여념이 없는 아이를 볼 때마다 측은하다. 이젠 얼마 남지 않은 대학입시를 앞두고 공부에 온정신을 쏟아야 하는 아이의 어깨를 가볍게 안아주며 손바닥으로 토닥토닥 두드려 준다. 아이의 피곤한 몸이 엄마의 가벼운 포옹에 조금은 풀렸을까?

얼마 전 아이가 머리가 많이 아프다고 눈물을 흘리며 고통을 호소해 왔었다. 그때 나는 훌쩍 커 버린 아이를 꼭 안아주며 이마에 한참 동안 손바닥을 얹어놓고 속으로 기도를 해주었다. 그러자 어쩜 아이는 신통하게도 금방 배시시 일어나 "엄마, 이제 다 나았어" 하며 방긋 웃고 있었다. 그동안 내가 모르는 사이 아이는 속으로 엄마 손이 무척 그리웠었던 건 아닐까? 아니면 정말 엄마 손은 약손인가보다. 급할 때 아이의 주치의도 되는 걸 보면… 밖에서 아이의 투닥투닥 줄넘기하는 소리가 들린다. 줄넘기 1,000번을 하고 학교에 가는 아이가 대견스럽기도 하다. 곧이어 허부적대는 물소리와 함께 아이는 젖은 머리를 풀어 헤치고 식탁에 앉는다.

주방의 시계를 연신 바라보며 나의 손놀림은 바빠진다. 언제나처럼 아이가 좋아하는 오징어채무침과 반찬 몇 가지를 마련하여 식탁에 놓으면 아이는 급하게 밥을 먹고 책가방을 챙겨서 현관문을 나간다. "엄마, 다녀올게요." 아이의 목소리가 사라진 후, 그제야 잠을 깬 나머지 식구들이 잘 잤다고 말하며 식탁에 앉는다. 우리 식구들은 오늘도 모두 무사히 잘 자고 일어나 각자 해야 할 일을 하고 있구나 생각하니 누군가에게 감사드리고 싶었다.

따르릉 전화벨이 울린다. 친정집 오촌 아주머니께서 얼마 전 교통사고로 머리를 심하게 다치셔서 병원에 입원하고 계셨는데 끝내 돌아가셨단다. 이 아침에 충격적인 일이다. 시골길이 고속도로로 넓혀진 후 차들이 질주하는 모습이 항상 마음에 걸렸는데 변을 당하셨다니 참 비통한 일이다. 소식을 전하는 아버님께 나는 어머니 아버님도 조심하시라고 당부했다.

텔레비전을 켰다. 갑자기 쏟아진 비 때문에 집이 물에 잠겨 허우적대는 사람들의 모습이 보였다. 수방대책을 어떻게 세웠기에 해마다 물난리로 야단인지, 참 안타깝고 슬픈 일이다. 폭우에 휩쓸려간 인명은 물론이고 떠내려가는 가축들의 모습… 우리는 왜 이렇게 일을 당했을 때 잠깐 생각하고 잊어버리는지 모르겠다. 물이 지붕 끝까지 잠긴 모습 뒤로 수재민들의 억장이 무너지는 항변이 안쓰럽기 짝이 없었다. 일 년이 지나면 그냥 잊어버리고 또 변을 당하고 울고불고하니 대책은 어디로 간 것인지….

이웃집 아주머니가 놀러 오셨다. 잘나가던 친구의 남편이 회사가 부도가 나서 어렵게 되었다고 한다. 잘나갈 때 조심해야 했는데, 사람들은 그래서 일을 당하고 한 치 앞을 못 보았다고 탓하나 보다. 우리는 평범한 삶을 생각하다가도 좀 더 굵직한 인생을 살아가기를 원한다. 어느 날 갑자기 복권이라도 당첨이 되어 벼락부자가 되는 꿈을 꾼다거나 어떤 요행수의 기적은 없을까 하여 시선을 두리번거린다. 우리의 욕심은 적당한 것에 만족할 수는 없는 것인가?

그런가 하면 평소에는 건강하던 사람이 하루아침에 보이지 않는다거나 중환자실에서 신음하고 있다는 소식을 접할 때는 우리는 살아있음의 감각이 휘청거리고 생각의 중심을 잃을 때가 있다. 이럴 때 우리는 사람이 살았다고 인정할 수가 없다고들 푸념처럼 이야기한다.

시어머니께서 여름나들이를 나오셨다. 조치원에 사는 셋째 동서네 집에 오셨다고 전화가 와서 그이와 나는 부랴부랴 달려갔다. 5남매를 키우시며 온갖 고생을 하신 시어머님은 자식들이 생각나면 한번씩 올라오신다. 맏이로 태어난 그이는 어머니 소리만 들어도 반가워서 어쩔 줄 모르는 요즘 보기 드문 효자다. 어머니 방을 마련해놓고 우리 집에 오셔서 같이 살기를 학수고대하지만, 무엇이 어머님을 두렵게 하시는지 선뜻 오시려고 하질 않으신다.

그래서 가끔씩 이 아들 저 아들 집을 순회하시는데, 오셨다고 하면 흩어진 형제들이 모이곤 한다. 그럴 때마다. 시어머님은 자식들이 모여 있는 자리에서 항상 하시는 말씀이 있다. "남의 집 쌀밥보다 우리 집 보리밥이 낫다."라고 말씀하실 때도 있지만,

"나한테 잘하는 사람에게는 아무나 잘할 수 있으나, 나한테 잘못하는 사람에게 잘하기는 어렵다고." 하시며 잘못하는 사람에게 잘해야 덕을 쌓는다고 말씀하셨다. 그런 시어머니의 말을 들을 때마다 시어머님의 70 평생 살아오신 경험에서 일궈낸 보물 같은 명언처럼 자식들은 잘 간직하고 있다.

시어머님은 만날 때마다 물으신다. 요즘 하는 일은 잘되느냐고… "그냥 여전합니다." 하고 대답하면 "큰 욕심 부리지 말고 식구들 건강하게 밥만 잘 먹고 살면 된다."라고 말씀하신다. 끼니를 걱정하시며 살아오신 어머님에 젊은 시절의 작은 소망처럼 여전하다는 말에 안심하시는 어머님의 얼굴 위로 환한 미소가 스쳐간다.

혹독한 날의 일기

날씨는 지독한 한파가 계속되고 있었다.

저녁 퇴근하는 길이었다. 정류장에서 발을 동동 구르며 내가 가야 할 방향의 버스를 기다리고 있었다. 언제나처럼 질서를 지키며 신호등의 지시를 기다리는 차량들로 번잡한 서울 거리는 한겨울의 질편한 길 위의 곡예를 보는 듯 아슬아슬함을 느끼게 한다. 마침 내가 기다리는 차가 내 앞에 섰다. 한산한 버스 안을 안정된 마음으로 올라탔다. 내가 자주 이용하던 차는 아니지만 가끔씩 집 앞을 지나가던 차였다.

차는 저녁 추위를 감지하듯 고속도로를 질주하듯 달리고 있었다. 그런데 자기의 차선을 잘 지키며 달려가던 차가 갑자기 요란한 굉음을 내며 울었다. 운전석 바로 뒤편에 앉은 나는 “아저씨! 차가 왜 그러죠?” 하고 놀라서 물었다. 나의 놀라는 음성을 듣고 아저씨는 “글쎄요…” 하며 이상하다고 느끼신 듯 고개를 흔드시며 황급히 고속도로 갓길에 차를 세웠다. 그리고 차에서 내려 차를 자세히 살펴보시더니 더 이상 차는 고장으로 달릴 수가 없다고 했다.

아침에 차량 점검을 하고 나왔는데 이상한 일이라고 하며 연세가 들어 보이는 아저씨는 침통한 표정으로 부지런히 버스 회사 측과 교감을 하고 있었다. 그러나 급박한 상황을 전달하는 아저씨의 노력은 성과가 없었다. 차량이 많지 않은 중소기업의 운수회사인지 대체할 만한 차가 없다는 소리였다. '어쩐지 차를 탈 때부터 붐비는 퇴근길에 유난히 자리가 비어있다고 생각했더니… 운수회사도 브랜드 있는 대기업회사의 차를 이용해야겠구나' 하는 생각이 들었다. 흔히 얘기하는 A/S가 잘되는 차를 타야 급할 때 바로 대처해 준다는 것을 새삼 깨달았다.

운전기사 아저씨는 급한 나머지 고속도로를 질주하는 차량들을 향해 SOS를 알리는 수신호를 보내기 시작했다. 그러나 자기들의 가는 길에 눈먼 차들은 곁눈질하기에는 역부족이었고 그들의 관심은 대책 없는 겨울 한파만큼이나 무심하였다. 그래도 많은 승객이 타지 않아서 마음먹고 누군가의 차량 도우미를 부탁하면 얼마든지 해결할 수 있는 가벼운 일인데…. 현재의 급한 상황을 그 누군가에게 전달할 수 있는 매개체가 이루어지질 않고 있으니 우리는 마치 고장 난 버스 안에서 인질로 잡혀있는 모양새였다.

어둠은 서서히 다가오고 고속도로 갓길에 발길이 묶인 9명의 승객은 안타까운 시선으로 서로를 바라보고만 있었다. 혹한의 날씨에 길 위에서 열심히 불러도 응답 없는 수신호만 보내고 있는 운전기사 아저씨의 애처로움을 보고만 있을 수 없었다. 마침내 떠오르는 생각! 119에 전화를 걸어 구원을 보냈다. 현 위치와 어떤 상황에서 발이 묶여 있다고….

한참 만에 112요원들의 승용차 한 대가 급한 경적을 울리며 우리 곁으로 다가왔다. 119요원들이 112요원에게 전달하여 상황을 파악하러 온 것이었다. 젊은 요원들은 상황을 파악하고 제일 바쁜 사람 3명만 먼저 승용차에 타라고 했다. 우리는 눈치를 볼 것도 없이 선착순으로 대기한 차에 탔다. 우선 고속도로를 벗어나 집으로 갈 수 있는 버스가 있는 곳까지 태워다 주시기로 했다. 그리고 나머지 승객은 차량을 대절하여 주기로 조치해 주었다. 마치 그 무엇의 압박된 인질에서 풀려난 기분이었다.

오랜 시간을 고속도로에서의 아우성은 바위에 달걀을 치는 것과 같았다. 고독한 길 위의 무관심 앞에 무력함만이 존재할 뿐 SOS의 수신호도 전달할 수 없는 한계의 선을 느꼈다.

한겨울 한파가 빚어낸 하루의 끝자락에서 많은 생각이 머리를 혼란스럽게 했다. 그 순간만큼은 시간이 흘러갈수록 알 수 없는 공포감이 몰려왔었다. 처음 당하는 일이어서 더욱 오랜 시간 잊을 수 없었다.

인질 아닌 인질 된 몇 시간의 퇴근길에서의 압박감은 시간이 갈수록 각색된 낯선 소설 속의 시나리오처럼 날개를 달고 내 머릿속에서 어지러움을 탔다.

풀잎에 물들은 사랑

내 고향은 전북 옥구군 성산면 여방리 남전부락이었다.

어릴 적부터 우편배달 아저씨의 편지를 받으며 20여 년을 넘게 그곳에서 살아왔다. 지금은 군산시로 편입되어 점점 도시의 문화 혜택을 입어가고 있었다. 고향을 떠나온 지 30여 년이 지난 지금 내 머릿속에는 점점 잊혀가는 것들뿐이다.

부모님이 살아가실 때는 그나마 가슴 벅찬 마음으로 고향에 달려갔는데 현재는 그렇지 못하다. 아버님은 이미 몇 해 전 돌아가셨고, 어머님은 몸이 불편하시어 시내에 사는 오빠 집에서 겨우 몸을 지탱하고 계시다. 어쩌다 시골집에 모시고 옛날의 정을 얘기하고 싶어도 형편상 그러지 못하는 것이 우리 형제들의 아쉬움이다. 형제들이 살았던 집을 방문할 때면 더욱 그 추억이 새로워지고 손때 묻은 농기구들과 울 밑에서 자라는 풀포기 하나도 사랑스럽게 느껴진다.

부모님이 계셨던 그 체취가 담긴 집안은 텅 빈 상태로 있고 가끔씩 시내에 사는 오빠와 남동생이 오며 가며 지키고 있다. 시골집에는 부모님의 유품들이 지금도 그대로 보존되어 있다. 안방에 들어가면 부모님의 사진이 벽에 걸려있고 주방엔 어머님의 손때가 묻은 주방 기구들이 여전히 세월에 묻혀간 주인을 기다리고 있다.

몇 년 전, 아버지가 돌아가셨을 때 유품 정리를 하기 위해서 집에 갔었다. 싸늘한 방안에는 효자손 소모품들이 널려있었다. 그것을 보는 순간 부모님의 가려운 부분을 자식들이 대신해 줄 수 없음을 느낄 수 있었다. 자식이 있어도 본인들 스스로 해결할 수밖에 없었던 그 외로움이 효자손이라는 기구가 대신할 수밖에 없었음이 상징적인 느낌으로 내 눈에 들어왔다.

언젠가 아버지의 제사를 그곳에서 지내면 어떻겠느냐고 멀리 도회지에 살고 있는 형제들이 제의했으나, 오빠 내외는 그럴 필요가 있느냐고 하면서 번거롭다며 거절했다.

고향을 등지고 떠나온 사람들의 마음과는 다르게 언제나 가까이에서 바라보고 있는 사람들의 마음은 그렇게 고향에 대한 애틋함이 덜한가 보다. 고향은 멀리 떨어져 있는 사람만이 애틋한 고향이 되는 것인가?

시어머니만 한 분 계신 우리 시댁도 지금은 명절이면 지방에서 서울로 올라오시지만, 십여 년 전만 해도 명절이면 민족의 대이동이 이어지는 고향 가는 길에 끼어서 고향에 갔었다. 고속도로에 즐비하게 늘어서 있는 차량들을 보며 고향 가는 길이 그렇게 힘들게 느껴졌다.

명절 며칠 전부터 길 위에서 시달릴 생각을 하면 신체의 스트레스로 명절 증후군으로 시달리기도 했다. 고향이 무엇이기에 그 복잡한 길목도 감수하며 가는지 명절 때 길 위의 차량들을 보면 알 수 있다.

인간은 귀향 본능이 다분한 동물인가 보다.

가만히 생각해 보면 고향의 나무 하나, 풀잎 하나… 무엇 하나 소중하지 않은 것이 없다.

부모님이 살아 계실 땐 농사를 지은 토속적인 먹을거리들이 가을이면 택배로 부쳐왔었다. 그 부쳐온 물건 중 갓 뽑은 채소들 틈바구니에 갈색의 흙이 묻어나왔다. 그 흙 속에는 낯익은 여린 풀들이 함께 묻어서 들어있었다. 그것들은 볼 때마다 얼마나 사랑스럽게 느껴졌는지 모른다. 그런 나의 모습을 보고 남편은 "당신은 고향에서 올라온 것들만 보아도 얼굴에 생기가 돈다."라고 얘기했다. 정말 그랬었다. 부모님의 숨결이 담겨있고 내가 어린 시절 자주 보았던 것들이어서 더욱 정감이 가고 사랑스럽기만 했다.

어느 날 나는 시골에서 끼여 올라온 풀잎을 깨끗하게 씻어서 접시에 담아 주방에 놓았다. 그 풀잎은 먹을 수 있는 것은 아니지만 주방을 오가며 계속 눈을 마주쳤다. 그러다 보면 그 풀잎에서 고향의 향기가 코끝에 스며드는 듯했다. 그리고 그 풀잎이 시들 때까지 소중하게 그릇에 담아놓았던 기억이 난다.

어쩌다 남편과 고향에 가는 길은 언제나 콧노래가 나왔다. 그럴 때마다 남편은 내 모습을 예견이라도 하듯이 "또 시작이군." 하고 웃었다. 그리운 이를 만나러 가는 설레는 마음이 그보다 더할까? 그런 것이었다. 그러나 지금은 그런 기분을 맛보기가 힘들어졌다. 시골집에 홀로 계시던 어머니는 시내에 사는 오빠 집에 계신 관계로 그곳에서 어머니를 뵙고 그냥 되돌아와야 하므로 고향의 운치를 느껴보는 일은 거의 없어졌다. 시간을 내서 그 집 주위만 스쳐 지나갈 뿐 텅 빈 집엔 철근으로 만든 사립문이 굳게 닫힌 모습이 삭막하기까지 하다. 그곳에 가서 누군가 살 수 있는 형편도 아니어서 더욱 그렇다.

작년에 수원문협에서 군산에 있는 채만식 문학관을 문학기행으로 다녀왔었다. 그곳에서 우리 집은 그리 멀지 않은 곳에 있다. 문인 중 한 분이 고 선생님 생가를 가면 어떻겠느냐고 이야기했다. 그러나 그곳은 아무도 살지 않고 있어서 가보아도 문을 열 수 없어 그 안을 볼 수가 없노라고 얘기를 했다. 고향은 누군가 살고 있지 않으면 시간을 내서 가보기란 쉽지 않다.

오성산 줄기로 이어지는 산자락을 타고 가구 수가 그리 많지 않은 우리 동네에는 고향을 등진 사람들이 있어서 더러 비어 있는 집들도 있다고 한다. 그리고 반대로 시내 생활이 싫어서 한적한 공기를 맛보기 위해 전원생활을 즐기는 사람들이 새롭게 단장한 집들이 가끔 눈에 들어왔다.

그러나 세월은 흘러도 그 안에 묻어나는 옹기그릇 같은 나만의 고향의 향수는 오래오래 내 마음속에서 풋풋한 풀잎으로 키워갈 것이다.

신은 공평한 것인가?

사람들은 살아가면서 때때로 자기의 기대치에 못 미칠 때 위로의 말로 '신은 공평하다'라는 말로 자신을 다독이기도 한다. 그래서 일이 잘될 때는 마음의 평정을 이루지만 안 될 때는 평형의 균형이 안 됨을 느끼게 되는 것이다.

어느 한쪽의 치우침이나 중심에서 기울어지는 현상을 보고 인간은 그 만족도를 측정하고, 채워도 채워지지 않는 욕망의 늪에서 헤어날 줄을 모른다.

연세 드신 분께 인생에서 가장 행복했던 날을 손꼽으라고 얘기하면 나름대로 성취감과 보람을 얘기할 것이다. 그중에서 입담 좋은 이야깃거리가 아이들을 낳아서 키우고 학교에 보내고 결혼을 시키는 과정이다. 자식을 키웠던 재미는 이 글을 쓰는 나에게 있어서도 인생에서 가장 신명 나는 이야깃거리 중 하나다.

어느 날 나는 아이들이 세상에 태어나서 걸음마를 시작하면서 커가는 모습을 찍은 사진들을 모아 액자에 넣어서 거실에 걸어 놓았다. 그 속에는 아이들의 어린 시절의 추억이 깃든 사랑스러움과 대학교를 졸업하면서 사각모를 쓰고 찍은 사진의 모습에서 멈추었다.

그 사진들을 걸어놓고 보고 있노라면 바쁘게 살고 있는 현실 속에서 가끔은 입가에 저절로 미소가 지어지기도 한다. 지나간 세월의 무상함도 있지만 혼자가 아닌 내 분신의 거울을 보는 것처럼 느껴져 든든하기도 하다.

8월 어느 주말 우리 부부는 정말 흐뭇한 결혼식 장면을 보고 있었다. 지인 중 한 사람의 아들 결혼식에 참석하게 되었다. 결혼식 전날 만나 중식을 하면서 청첩장을 건네주었다. 그리고 꼭 오셔서 아들의 결혼을 축하해달라고 했다.

그분이 살아온 과정을 너무나 잘 알고 있기에 진심으로 축하하는 마음으로 열 일을 제쳐놓고 갔었다. 몇 년 전, 아들이 공부를 잘해서 S대학교에 입학했다고 하면서 힘찬 목소리로 얘기했었다.

그때 우리는 이젠 당신은 불행 끝 행복 시작이라고 하면서 진심으로 축하했다. 자유분방한 직업이나 넉넉하지 않은 가정 형편을 잘 알고 있었기에 남의 일 같지 않고 내 일처럼 기뻤다. 그 후 만날 때마다 아들 얘기를 간간이 들려주었다. 아들이 대학교에 가서도 공부를 잘해서 장학금을 받아 학비 걱정을 하지 않는다고 했다. 그때마다 이젠 자식 하나 잘 두어서 노후의 행복은 보장되었다고 말끝을 맺곤 했다.

그랬었는데… 그 아들이 어느새 대학교를 졸업하고 대학원에 진학하여 석사 졸업 후 박사과정을 앞두고 그에 걸맞은 훌륭한 규수를 만나 결혼을 하게 된 것이란다. 아직 모두 학생인 관계로 결혼 비용도 최대한 절약하기로 양가가 합의하여 결정했단다.

요즈음 자식을 결혼시키면서 과용하는 결혼 비용과는 다르게 최소한의 비용으로 절감했다고 하니 그도 또한 잘된 일이었다. 그분이 살면서 들려준 일화 중에 어느 날 직업을 얻기 위해서 회사에 이력서를 내게 되었는데 그 직장의 면접관이 서류를 보고 아들은 어느 대학에 다니느냐고 물었단다. 그래서 S대학에 다닌다고 얘기하자 극찬했다고 해서 같이 웃은 적이 있다.

세상 사람들의 눈높이는 똑같은가 보다.

조금은 자유스럽게 보이는 직업으로 외모가 말해주듯, 그 뒤에는 부인의 내조가 컸겠지만, 잘 자란 아들의 결혼식장에서 부모의 자리에 의젓하게 앉은 모습은 평소의 이미지와는 너무도 다르게 느껴졌다. 인생에서 전자에 어떻게 살아왔든 간에 자신의 부족했던 부분이 자식을 잘 키운 부모의 모습은 그 어떤 꽃보다도 아름답게 보였다.

너나없이 나이를 먹으면서 그 무엇보다도 자식 농사를 잘 지어야 노후에 힘이 된다는 말이 생각났다. 결혼식을 마치고 피로연 장소에 나타나 하객들에게 일일이 인사를 하고 우리 부부에게도 와 주어서 고맙다고 인사를 할 때도 평소 우리가 보았던 그분의 모습이 아니었다. 그런 모습을 보고 "오늘 정말 멋있네요." 라고 얘기하자 웃음으로 답해왔다.

그렇다. 사람은 그 어떤 자리나 환경이 또 다른 자신을 만든다.

인생은 어차피 굴곡의 연속으로 살아간다. 한 치의 앞날을 모르고 살아가면서 가끔은 교만과 나태 속에서 성급하게 단정 짓고 평가하는 것이다. 생각해 보면 백 년도 살지 못하는 인생에서 차별은 있겠지만 신이 판단하는 평형의 논리는 어쩌면 똑같다는 말로 표현할 수밖에 없는 것 같다. 우리 속담에 '남의 떡이 커 보인다'라는 말이 있다. 뒤돌아보면 자신에게도 커 보이는 부분이 많을 텐데, 어느 한 곳만 보고 자기의 잣대로 재고 판단하는 것은 아닐까? 그러나 분명한 것은, 그 어떤 것들이 때로는 자신을 작아 보이게 하고 커 보이게도 만든다는 사실이다. 그런 평등의 원리 앞에서는 머뭇거려지기 마련이다.

고생 끝에 낙이라는 말처럼 고생이 있으면 낙이 있고 낙이 있으면 고생의 시간이 기다리고 있는 법, 그래서 인생은 살만한 것인가 보다.

살아가는 것에 삶을 얹어놓고 균형의 자대로 수치를 재보는 시야에서, 서로의 필요가 필요를 부르며 길지 않은 생 앞에서 희망과 사랑을 눈앞에 둔다면, 인생이 고달프더라도 슬퍼하거나 노하지 말라는 말에 힘을 주고 싶다.

현재가 비록 보잘것없는 삶이라고 생각된다면 머지않아 행복한 미래가 보장될 것이라고 생각해 보자.

문학의 산실

내가 문학인이 되기까지의 그 모든 모태가 시골에서 자연과 더불어 어린 시절을 보냈던 고향에 있다.

흙으로 빚은 벽과 볏짚으로 엮어서 만든 초가지붕 아래에서 여러 형제와 겨울이면 이불을 서로 끌어당기며 잠을 잤었다. 함박눈이 펑펑 쏟아지는 겨울밤이면 화롯불에 고구마와 밤을 구워 먹으며 도란도란 이야기꽃을 피우던 시절. 생각할수록 그 시절이 그리워진다.

아침에 창호지 문풍지 사이로 햇살이 잠을 깨우고, 흙냄새 가득한 마당에 나오면 꽃밭에서 피어나는 백일홍, 채송화, 분꽃, 코스모스, 봉숭아, 나팔꽃… 들과 눈을 마주치고, 허리 굽은 외할머니의 움푹 파인 쌍꺼풀 눈두덩 사이로 할머니와의 정겨운 아침 인사를 나누었다. 할머니는 항상 곰방대에 담뱃불을 댕기며 연기를 길게 뿜어댔다. 할머니가 입에서 뿜어대는 뽀얀 담배연기는 아궁이에 불을 지필 때마다 지붕 위의 굴뚝에서 피어나는 연기를 연상케 했다. 외할머니는 막내딸 어머니 집에서 우리 6남매를 키워주셨다. 우리 남매 중에 유독 몸이 약한 나에게 특별한 사랑을 주셨다. 어린 시절 자주 복통을 호소할 때마다 할머니는 둔탁한 손바닥으로 배를 살살 쓰다듬어주셨고 또 굽은 허리로 업어주셨던 기억이 난다.

언제나 바쁘신 아버지의 바지는 다리의 중간에 매듭을 만드셨고 어깨엔 삽자루가 얹어있었다. 어머니는 밭에 나가 호미로 밭을 매시고 밭두렁이 친구가 되어 해가 서산에 저물 때면 집으로 들어오셨다.

집 마당에는 우물이 있었고 그 우물에서 두레박으로 물을 길어 올릴 때면 시커먼 물길 속을 들여다보며 어린 나는 두려움으로 긴장되는 순간이기도 했다. 어느 땐 두레박 끈이 끊어질 때면 아버지는 긴 장대에 낫을 매달아서 건져 내곤 했다.

한낮에는 누렁이와 백구가 마당에서 한가한 오수를 즐기고 있었고, 양지바른 툇마루에는 고양이가 무거운 눈꺼풀을 다독이며 졸고 있었다.

초가지붕 아래 툇마루에 앉아 일곱 살짜리 어린 계집아이는 두 손으로 턱을 고이고 뭉게구름이 떠가는 하늘을 정신없이 바라보고 있었다. 파란 하늘엔 뭉게구름이 아이스크림처럼 혹은 눈덩이처럼 흘러가고 있었다. 무심코 신비의 세계를 접한 아이는 구름을 손가락으로 가리키며 '저 구름을 따가지고 올 수는 없을까?' 하고 혼자서 두런거린다. 아니면 구름을 타고 손오공처럼 세상을 떠다닐 수 있으면 얼마나 좋을까? 하고 상상의 나래를 편다.

이런 어린 시절의 상상이 축적되어 내 안에 문학의 밑거름이 되었던 것이다. 탱자나무 울타리 위로 호박꽃이 피어나고, 그 꽃은 가을이면 커다란 누런 호박으로 열매를 맺었다.

서산에 해가 질 무렵 멀리 산자락을 타고 노을이 붉게 물드는 저녁, 소 꼴을 베어 지게에 지고 논두렁길을 한 걸음씩 걸어오시는 아버지의 모습은 내가 커서 자주 보던 시골 풍경화의 한 장면이었다.

한겨울 어쩌다 햇살이 번지는 오후에 친구들과 초가지붕 처마 끝에 주렁주렁 매달려있는 고드름을 따서 먹기도 하고, 동네 아이들과 칼싸움하던 기억은 너무나 원초적인 순수함, 그 본연의 모습 자체였다.

문짝에 코스모스 꽃잎을 따서 창호지 문짝 사이에 넣고 또 한 겹의 창호지로 덮어씌워서 양지바른 곳에 말리고 나면 꽃무늬 문짝에서 꽃바람이 일렁였다.

햇살 좋은 봄날 마당에는 어미 닭이 병아리를 몰고 다니고, 외양간에는 어미 소의 일가가 어린 송아지를 뿜고 있었다. 때가 되어 아버지는 어린 송아지를 마당에 내놓으면 고삐 풀린 송아지는 좋아서 온 마당을 흙이 파이도록 껑충껑충 뛰어다녔다. 그를 보는 우리들은 한바탕 웃음으로 대견해했다.

헛간에 아버지는 흑염소를 키우고 계셨다. 어느 날 염소 한 마리가 배가 불룩해지더니 예쁜 아기 염소를 낳았다. 까만 새끼 염소는 너무 귀여웠다. 그즈음 귀여운 모습을 관찰하며 쓴 동화가 〈아기 염소 재롱〉이었다. 첫새벽 장 닭의 "꼬끼오!" 울음소리를 들으며 눈을 뜨는 자명종 소리도 잊을 수 없는 고향의 소리다.

우리 집 뒷동산에는 다섯 명의 성인의 묘가 있는 오성산으로 이어지는 산줄기로 뻗어 있었다. 그 줄기의 오솔길을 따라서 봄비가 내린 다음 날은 아랫집에 살고 있는 사촌 언니를 따라서 고사리를 꺾으러 갔다. 촉촉한 이슬을 머금은 아기 손가락 같은 고사리는 풀숲에서 손을 흔들고 있었다. 그를 발견하고 황급히 달려가 꺾는 기분은 성취감으로 충만한 순간이었다.

숲속에서 한참 동안 돌아다니다 보면 개구리나 뱀을 볼 때도 있었다. 특히 뱀을 만나면 '다리야, 날 살려라!' 하고 뛰었다. 그렇게 휘저으며 산속을 헤매다 보면 바구니에는 아기 손가락 같은 고사리가 수북이 쌓이고 흐뭇한 마음을 안고 집으로 돌아왔었다. 돌아오는 길에 고인돌이 있었다. 그곳은 우리가 쉬어가면서 못다 한 수다를 떠는 유일한 장소이기도 했다.

들국화 피어나는 가을, 누렇게 익은 벼 이삭 사이로 뛰어다니며 메뚜기 잡던 기억이나 잠자리를 잡으러 코스모스길을 뛰어 다니던 일은 어린 시절 아름다운 추억의 한 장면이기도 하다. 어디 그뿐인가? 별이 빛나는 여름날의 초저녁, 평상에서 옥수수를 먹던 기억이나 평상 위에 모기장을 쳐놓고 잠을 자며 모기장 사이로 빛나는 밤하늘의 별을 보며 별을 헤이던 그 밤의 기억, 모기장 옆에는 마른 건초들과 쑥부쟁이들을 꺾어서 모기에 물리지 않도록 모닥불을 피워주시던 아버지, 봄날 수양버들에서 파릇파릇 연둣빛 새잎이 돋아나는 모습, 앞산 뒷산에 진달래가 피어나는 산자락… 너무나 가슴 벅찬 풍경들 속에서 나는 신비함과 아름다운 꿈을 키웠다. 그것들은 아직도 내 가슴에서 모닥불처럼 타오른다. 그리고 나는 가끔씩 그 뽀얀 연기 속을 더듬으며 문학의 산책길을 거닐곤 한다.

이렇듯 어린 시절의 고향에서부터 꿈은 날개를 편다.

그리고 고향은 더 커다란 고향이 되었다. 그 꿈의 날개가 성숙하며 나를 발견하였고 그 속에서 발효된 엑기스로 걸러진 문학의 혼을 불어주는 산실이 되었다.

내가 최초로 만든 시집의 제목은 『풀 향기』였다. 뭔가 쓰지 않고는 살 수 없었던 시절 노트를 엮어서 만들었었다. 그러나 그 시집은 어느 날 불에 태워 날려 보냈다. 습작기의 작품이 왠지 쑥스러워서 누군가에게 보여주기란 남부끄러웠던 것이다. 마치 한 해의 낙엽을 태워버리듯이….

제3부

그대 있음에

하얀 봉숭아꽃

그 님이 이 세상을 떠나던 날 하늘도 울고 땅도 울었다.

성당에서 주일 미사를 보고 있던 나는 갑자기 머리가 멍해짐을 느꼈다. 오랜 숙환으로 병상에 계셨던 어머니의 부음을 알리는 전화를 받았다.

아버지가 돌아가신 후 계속 몸 저어 누우셨던 어머니. 지난 5월에 찾아뵈었을 때 비록 몸은 젓가락처럼 말라 있어도, 정신이 또렷하셔서 딸을 알아보시고 입가에 미소를 지으시던 어머니가 운명을 달리하셨다는 소식이었다. 서둘러 미사를 마치고 어머니의 장례식장으로 달려가면서 나는 아무 생각도 아무 말도 할 수가 없었다. 내가 달려갔을 때 형제들이 부산하게 움직이며 장례 준비를 하고 있었다.

빈소가 차려진 국화꽃 속에서 환하게 웃는 얼굴로 계시는 어머니의 모습에서 '너 왔니?' 하며 반겨주셨다. 나는 바닥에 주저앉아 복받치는 눈물을 흘리고 있었다. '어머니! 어머니!' 어쩌면 마지막 불러보는 어머니의 잔영이 안개비처럼 주위를 감돌아갔다.

아버지의 그늘 아래서 현모양처의 자리를 지키시며 먹고 사는 일에는 걱정이 없으셨던 어머니. 그러나 인생을 빵만으로는 살 수 없다는 말처럼, 몇 년 전 젊은 나이로 세상을 떠난 당신이 가장 사랑하시던 남동생의 죽음 앞에서 피눈물을 흘리셨다.

그 이후에 아버지마저 돌아가셔서 그 슬픔을 견디기 어려우셨을 것이다. 마침내 어머니마저 자리에 몸 저어 누우신 지 오랜 세월이 흘러갔었다.

그동안 시간이 날 때마다 어머니를 만나러 가는 날은 마음이 설레었는데 이제 그 기쁨도 끝인가 생각하니 가슴이 복받쳐 올랐다. 내가 어머니를 만나는 날은 어머니의 얼굴과 내 얼굴을 부비며 끌어안고 서로의 심장박동 소리를 교환하는 날이었다. 그런 만남이 어머니의 얼굴에 작은 웃음을 줄 수 있었는데….

그즈음 남쪽으로부터 몰고 오는 태풍 '무이파'가 온 대지를 뒤흔들고 있었다. 나무들의 요동치는 몸이 보이지 않는 바람의 힘으로 꺾이거나 헝클어지는 사태가 벌어졌다. 요란하게 나부끼는 바람의 위력 앞에 장대처럼 온 천지를 휘젓고 가는 빗방울들이 가슴속을 서늘하도록 퍼붓고 지나갔다.

그 빗속에서 어머니의 장례식은 3일 장으로 치러지고 있었다. 일가친척들 그리고 자식들의 지인들. 평소 어머니의 추억을 그리워하는 동네 사람들, 내가 결혼하고 나서 처음 보는 사람들도 눈에 띄었다. 어쩌면 이런 기회가 있어야 만날 수 있는 만남의 장소이었다. 비 오는 날 유리창에 붙어있는 물방울만큼이나 많은 사람이 어머니의 추억을 먹고 마시고 있는 장례식 자리였다. 향불을 피우며 그 연기 속의 구름으로 변해가는 어머니의 영정 앞에 수 없는 사람들이 마지막 고별의 인사를 하고 그 인사에 답례라도 하듯 어머니의 얼굴은 점점 환한 미소로 물들어갔다.

마지막 고별인사를 하는 입관식을 하던 날 나는 한없는 눈물을 흘렸다. 어쩌면 죽음도 살아있는 사람에게는 어렵게 들어가야 할 필연적인 관문처럼 느껴졌다. 그동안 수많은 날을 고난으로 지내시다 죽음의 관문에 들어선 어머니의 입관식을 보면서 그 의식의 손놀림이 색다르게 다가왔다. 또한 그 의식의 주체이신 어머니의 모습이 그 누구보다도 커 보였다.

삼베옷으로 겹겹이 입으시고 색동 꽃신 신고 꽃단장을 하시는 어머니의 모습. 67년 전 어머니가 시집오시던 날의 의식이 지금 87세의 나이에 그 모습을 똑같이 재연하고 있었다. 다시 태어나는 의식의 첫 관문! 어머니의 인생은 다시 첫발자국을 내딛고 있었다. 이승의 생을 마지막으로 저승의 길로 가시는 어머니는 먼저 간 사랑하는 아들과 아버지를 만나서 또 한평생을 즐겁게 살아가실 것이라는 생각이 미치자 슬픔이 조금은 덜했다.

아버지 살아계셔서 선산에 어머니의 임시 묘지를 마련하셨으니 그 자리에 안착하시던 날에도 비는 하염없이 내리고 있었다. 저승길로 가는 발걸음이 그리도 무거우셨는지 땅바닥 골이 파이듯이 빗줄기는 퍼부었다. 착잡한 마음에 눈시울을 적시는 장례 행렬로 시골길은 하얗게 줄을 이었다.

하얀 우비를 입은 사람들의 모습이 빗속에서 하얀 봉숭아 꽃송이처럼 매달려있었다. 마치 어머니의 창백한 줄기에서 새롭게 피어나는 꽃송이들처럼….

비바람에도 의연하게 서 있는 꽃.

어머니가 울 밑에 심어놓고 젊은 날 사랑을 노래하던 꽃!

그 님은 가셨지만, 그 님의 모습은 새봄이 오면 다시 고향집 울 밑에서 매년 다시 어머니의 모습으로 피어날 것이다.

우리의 가슴 가슴속에서….

고맙소

한파가 기승을 부리던 지난해 겨울.

사람들의 마음도 꽁꽁 얼어붙어서 누구 하나 다정한 인사를 나눌 수 없는 삭막한 기후의 공포감이 감도는 거리의 표정이었다.

그날도 나는 지하철을 타고 출근하고 있었는데, 지하철 출구를 향해 걸어가는 에스컬레이터가 멈춰있어서 터벅터벅 걸어서 올라가고 있었다. 무거운 발걸음은 한 걸음 한 걸음 올라갈 때마다 다운된 체력을 다스리며 걸어가고 있었다. 왼쪽 어깨에는 가방을 메고 있었는데 얼마 전부터 오십견이 와서 통증이 심해 생활하는 데 불편을 많이 느끼고 있었다.

그런데 한참을 걸어가다가 발걸음에 기운이 없어서 그만 계단에 주저앉고 말았다. 아마도 그때 나의 체력이 많이 지쳐있었던 것 같다. 마침 뒤에서 걸어오던 젊은 청년이 얼른 달려와서 내 왼

팔을 부추기며 일으켰다. 순간 나도 모르게 왼쪽 팔의 오십견 통증 때문에 앗! 소리도 못 내고 청년의 부추기는 팔을 뿌리쳤다. 조금은 어색한 표정을 하며 나의 행동에 청년은 가던 길을 그냥 걸어갔고 나도 스스로 일어나서 가던 길을 걸어갔다.

정신을 차리고 걷다 보니 저만치 걸어가던 청년이 다시 한번 나를 돌아보면서 걸어가고 있었다. 영문을 모르는 청년은 좋은 일 하려다가 뺨을 맞은 꼴이었으니…. 난 그때 오십견의 통증이 너무 심해서 말도 못 하고 전후 사정을 해명하지도 못한 채 그냥 지나쳐 버린 것이다. 정말 그 청년한테는 미안하고 고맙다는 인사를 못 해서 지금도 갚지 못한 빚처럼 가슴에 멍울져있다.

'고맙다'는 말은 많이 할수록 생활의 활력소를 불러일으키는 영양제 같은 것인데, 사람들은 왜 그 말에 그토록 인색한지 모르겠다.

요즘 유행하는 미스터트롯에서 오디션에 참가한 가수가 '고맙소'라는 노래를 불러서 인기가 폭발하며 유행하는 것을 보았다. 나도 그 노래를 무척 좋아하는데 처음엔 '아니? 이런 좋은 노래도 있었나?' 하고 새삼스럽기도 했다. 그런데 그 가사를 음미해 보니 정말 고마움이 묻어나는 진심이 담겨있었다. 부르던 가수의 애환을 들어보니, 스승의 고마움을 노래로 승화시킨 감동적인 스토리가 곁들여져 시청자들을 울리고 있었다. 미처 말로 할 수 없었던 은혜로운 고마움을 노래로 스승에게 전달하는 방법이 참 대견스러워 보였다.

은혜에 보답하며 살아가야 하는 일상이 뒤돌아보면 우리에게는 너무도 많다. 부모님의 은혜, 스승의 은혜… 그 외 셀 수 없이 많지만, 그냥 지나치는 경우가 다반사다. 먼지의 수만큼 감정의 폭이 깊은 우리의 삶 속에서 한 번쯤은 머물러 쉬어가는 생각의 고개가 필요하지 않을까?

경황이 없어서, 상대에게 고맙다는 인사를 못 하고 살아간다면….

아직도 더위를 잡고 흔드는 여름이 고집스럽게 우리의 체온을 높인다. 이 또한 저 체온에 시달리는 환자가 있다면 고마운 일일 수도 있지 않을까?

나 스스로 저체온으로 아팠던 경험이 있었다. 그때 뜨거운 햇볕을 받으며 걷을 수 있다는 사실이 얼마나 고마웠는지 모른다.

그대 있음에

인연이란 참 묘한 이야기를 만들어가는 스토리 뱅크이다.

지인 중에 동물을 무척 좋아하는 친구가 있다. 그녀는 '산'이라는 유기견을 키우고 있는데 너무 예쁜 나머지 안고 다니는 사진을 내게 가끔 보여주곤 한다.

그 녀석은 5층에 사는 주인에게, 배설할 때도 집에서 보지 않고 꼭 밖에서 볼일을 보기 때문에 엘리베이터도 없는 계단을 내려와서 하루에 3번씩 수고하게 만든다. 어린 유기견을 입양해서 5년 이상 키웠으니 가족이나 다름이 없다고 한다.

누가 전화 와서 좀 길게 얘기하면 옆에 와서 끙끙대며 끊으라 하고, 질투가 많아서 남편과 가까이 있으면 꼭 끼어들어 사이를 갈라놓으려 하니, 오직 자기만 사랑해 달라고 하는지 참 웃긴다고… 그녀는 웃으며 얘기를 한다.

사람이나 동물들은 사랑에 목숨을 거는 것 같다.

사랑 때문에 울고 웃는 세상, 사랑 때문에 심각한 논쟁에 휩싸여 사생결단을 단행하는 경우가 많으니 참 살아간다는 것은 쉽지가 않다. 특히 스킨십을 좋아하는 애완용 동물들은 주인의 배려가 부족하면 버려져서 갈 곳을 헤매게 된다. 그들도 감정이 있는 동물인데….

어느 날, 그녀가 두 번째 유기묘를 입양했다고 사진을 보내왔다. 검은 털과 하얀 털 외투를 입은 예쁘고 아주 작은 생후 2주 된 고양이였다. 나도 예전에 검은 고양이를 13년이나 키운 적이 있어서 낯설지 않고 너무 사랑스러워 보였다. 입양 동기는 어느 날 시장 골목에 볼일 보러 갔다가 쥐덫에 걸린 고양이가 울고 있었다. 지나가는 사람들은 무심하게 쳐다만 보고 그냥 지나쳐 지나갔다. 그런 고양이를 안타깝게 여기고 그녀가 간신히 구출해 집에 와서 식용유로 접착 본드를 녹여서 살려냈다고 한다. 쥐를 잡으려고 접착용 본드를 발라둔 곳에 아기 고양이가 밟고 가다가 걸렸으니 얼마나 울었는지 목이 쉬어서 한동안 울지도 못했다고 한다.

아직 젖을 떼지 않은 아기 고양이여서 우유를 사다 먹이고 지극 정성으로 몇 달을 길렀단다. 그래서 지금은 아주 의젓한 청년 고양이가 되었다. 주인을 잘 만나는 인연을 맺었으니 고양이에게는 생명의 은인인 셈이다.

그 고양이의 이름은 '물'이다. '산'과 '물'을 입양하여 잘 키우고 있으니 때로는 귀찮기도 하지만 너무 예뻐서 다 괜찮다고 그녀는 말한다. 산과 물이 노는 모습을 동영상으로 찍어서 내게 보내온다. 처음에는 산과 물이 서로 자리다툼으로 쫓기고 쫓아다니더니, 지금은 서로 의지하며 잘 지내고 있다고 한다. 동물의 세계는 우리가 알아들을 수 없는 소리의 언어가 있지만, 그들과의 소통은 눈빛과 행동으로 무언의 대화가 있으니 참 재미있는 일이다.

이 층으로 올라가면서 "가자." 하고 그녀가 말하면 산과 물이 뒤따라서 같이 쪼르르 올라온다고 하며, 말소리를 너무 잘 알아듣는 참 영리한 놈들이라고 칭찬한다. 나이가 들면서 외로움이 찾아오는데, 반려동물을 키우는 사람들을 주위에서 많이 볼 수 있다.

유기동물을 키우는 사람들의 동물에 대한 배려는 더욱 애틋함을 느끼게 한다. 생명의 은인인 주인에게 기쁨을 주고 외로움을 달래주는 그들의 마음속에는 사람보다 더 진한 고마움이 잠재해 있지 않을까?

그래서 주인의 아바타가 되어가는 동물들의 머리는 더욱 발달하여 즐거움과 행복함을 주는 것이리라.

그대 있음에 내가 행복하고, 내가 있음에 그대가 행복한 세상이 되기를.

아픈 날의 일기

살아간다는 것은 날씨와 같다.

갑자기 찾아온 허리 협착증. 통증이 너무 심해서 걸어 다닐 수가 없다. 사오 년 전에도 이런 일이 있었는데 조금 무리했더니 또 찾아온 것이다. 참담한 심정으로 예전처럼 한의원에서 침술로 치료를 일주일이나 받았는데 아무 차도가 없었다. 남편이 통증 치료 병원으로 가보자고 해서 그 병원에서 엑스레이 촬영을 받아 본 결과 디스크와 허리 협착증이라는 결과가 나왔다. 일단 통증 완화 치료법으로 혈관에 약물 주사를 하루 걸러서 한 번씩 맞고 약을 먹으면서 물리치료를 병행하도록 처방이 내려졌다.

난 꾸준히 의사의 지시에 따라 하루하루 치료를 받았다. 아주 조금씩 차도를 느끼며 일주일쯤 지나자 의사는 통증 주사는 그만하고 물리치료와 약을 먹으면서 치료를 하자고 했다.

난 한의원 침술과 물리치료를 병행하면서 날마다 병원으

로 출근하고 있다. 집에서 5분도 안 되는 곳에 병원이 있는데, 그 곳에 가는 길이 왜 그렇게 힘이 들고 먼 길인지… 간신히 그 짧은 거리를 걸어가면서 나와 똑같은 병을 앓고 있는 사람들을 만났다.

60대의 한 젊은 여인은 허리가 아파서 어느 병원에서 시술을 받았는데, 허리가 통증은 없어졌지만 구부러 지지가 않아서 힘들다고 했다. 참 어느 것이 정답인지 판단하기 어려웠다. 다행히 내가 만난 의사는 시술하자고는 안 하고 좀 오래 걸려야 나을 수 있다고만 말씀하셨다.

나이가 들면서 흔하게 발병하는 허리병은 피해 갈 수 없는 일이라고들 얘기한다. 병원 근처의 풍경처럼 지팡이를 짚고 절룩이며 걸어가는 할아버지 할머니들의 모습이 흔히 보였다. 내가 걸어가는 길에서 마치 비디오 영상처럼 지나간다. 내가 다시 옛날처럼 걸을 수 있을까? 하고 하루면 수도 없이 절망과 희망이 내 머리를 어지럽힌다.

치료를 받고 동네 커피숍에 들렀다. 단절된 일상에서 조금은 탈피하고 싶어서 기분 전환도 할 겸 테이블에 앉아 날마다 새로운 음료를 시켜서 마시며 시간을 보냈다.

하루는 딸기 요거트 혹은 망고 요거트, 어느 땐 레몬에이드 등 다양하게 시켜서 먹고 집에 오면 왠지 기운이 나는 듯했다. 지금 생각해 보니 내가 먹었던 것들은 내가 사랑하는 손녀가 즐겨 먹던 음료였다. 한 번도 내가 스스로 사서 먹어보지 않았던 것들이 아프면서 먹고 싶었으니 아마도 난 아이가 되어가는 것 같았다. 걸음걸이도 아이처럼 느리게 걸어가고 있으니 참으로 알 수 없는 일이다.

내가 아프지 않았을 때 아파트에서 머리를 산발하고 항상 봇짐을 들고 걸어가는 할머니를 보았다. '왜 저렇게 하고 다니실까?' 의아해했는데… 그 할머니를 엊그제 길에서 병원 갔다 오던 길에 또 만났다. 조그마한 키에 여전히 헝클어진 머리. 그런데 할머니의 걸음은 아주 꼿꼿하게 잘 걷고 계셨다. 부러웠다! 내가 처한 상황보다 얼마나 건강하신지 내가 생각했던 할머니의 편견이 부끄러웠다. 사람은 자기의 처지가 바뀌었을 때 비로소 깨달음이 느껴지는 것인가 보다.

어느 날, 《수원문학》 68호 책을 집에서 받았다. 출판기념 날 가지 못해서 집에서 받게 된 것이다. 보는 순간 눈물이 핑 돌았다. 문학을 한 지 오래된 내가 어쩌면 무능하게 살아오지는 않았던 것 같다. 나름 행사에 참석하고자 많이 노력했었고 소통과 화합의 자리에 동참하며 살아왔는데….

문인협회 단톡방에 책을 올리며 감사의 인사를 했다. 회원님들이 덕분에 잘 회복되고 있다고. 위로와 하트로 답해주시는 그 열정. 느낌으로 충분히 전해져왔다.

지금은 제법 걸음의 속도도 빨라지고 기분도 많이 상승하면서 회복되어가고 있다. 오늘도 치료받고 오면서 그 커피숍에 들러서는 아메리카노 한 잔을 시켜 놓고 휴대전화로 찰칵! 사진을 찍어서 가까운 지인에게 보냈다. 난 지금 염려 덕분에 점점 좋아져서 이렇게 우아하게 커피를 마시고 있노라고….

'아픈 만큼 성숙해진다'라는 말이 생각이 난다.

누군가 아파보니 뒤를 돌아보게 되더라는 말이 뼈에 사무치게 실감이 난다. 그동안 음으로 양으로 위로를 해주신 분들께 감사의 인사를 드린다. 아직은 회복기에 있지만 한 달 20여 일 동안 투병하면서 이만하길 얼마나 다행인가! 모두에게 감사 감사할 뿐이다.

아팠던 통증의 지난 시간도 다 잊혀간다. 그래서 또 아무렇지도 않게 살아가는가 보다.

건강할 때 더 열심히 살아가야지! 다짐해 본다.

엄마 품에서 날아가는 아기 새

칠월의 햇살이 유난히 밝아 보인다.

그동안 움츠렸던 계절의 문턱에서 활짝 펴는 태양의 날개처럼.

그 모습은 엄마 품에서 첫 비상을 하는 아기 새의 앞날처럼 환한 빛으로 떠오른다.

어느 날 텔레비전을 보다가 아파트 베란다 귀퉁이에 숨어 알을 낳아서 새끼를 낳아 잘 키우는 청둥오리를 볼 수 있었다. 정성을 다해 새끼를 보살피던 청둥오리는 어느 시간이 지나서 새끼들을 날려 보내게 되는데 한 마리씩 날아서 땅으로 떨어지는 광경은 참 경이로웠다. 먼저 엄마가 하늘을 날아서 낙하의 모범을 보이자, 창문 턱에 발가락이 떨어질 듯 딛고 있던 새끼들도 한 마리씩 한 마리씩 낙하하여 엄마 품으로 날아갔다.

마지막 한 마리가 머뭇거렸다. 엄마는 “꽥! 꽥!” 소리를 냈다. 아이를 안심시키듯 독려하면서 부르는 소리는 뜨거운 모성애로 가슴을 찡하게 했다. 행여 떨어져 잘못될 수도 있는데 어미가 얼마나 가슴 졸였을지 공감이 간다. 이렇듯 동물의 살아가는 모습을 보면 인간 삶의 여정을 많이 닮아있음을 느끼게 된다.

그 아이는 지금 삼십 후반을 넘은 나이에 엄마 품에서 떠나갈 준비를 하고 있다. 그동안 만나지 못했던 지인과 친지들을 만나서 담소를 나누고, 부모님의 힘든 부분을 헤아려 물질적 혹은 감정의 삽입을 연출하는 시간들로 바쁜 나날을 보내고 있다.

어린 시절에는 괜찮다는 몬테소리 유치원에서 공부했다. 유치원에 들어가서 친구 중에 나래라는 친구가 있었는데, 그 친구와 친하게 지냈었는지 유치원 졸업할 때는 그 친구와 헤어지기 싫어서 목 놓아 울던 모습이 지금도 눈앞에 선해서 잊을 수가 없다.

그리고 그 어렵다는 미술대학교에 입학시험을 치를 때도 그 관문을 무사히 통과해서 원하던 대학에 들어갔으니, 지금 생각해보면 엄마의 마음은 더할 나위 없이 감사할 뿐이다.

다만 지금은 그 아이에게 좀 더 잘해 줄 수는 없었나 하고 부족한 부모로서의 아쉬움이 남아 있을 뿐이다. 대학교를 졸업하고 장애인 복지관에서 맨투맨 작가로 일을 하며 미술 강의하는 모습이 매스컴을 탔던 때가 생각난다. 그 아이의 대단한 실력과 열정에 다시 한번 박수를 보낸다. 아마도 그때부터 그 아이의 봉사정신은 잠재적으로 남아 빛으로 승화되고 있는지도 모른다.

대학에서 서양화를 전공한 아이는 전시회를 하며 그림 그리기에 혼신을 다하여 살았던 때도 엄마의 기억 속에서 또렷하게 흐뭇한 감정으로 남아 있다.

그런데 이젠 그 아이가 성소의 길로 가는 길목에서 평범한 인생을 뒤로 하고 기도하는 삶으로 첫 비상의 꿈을 꾸고 있다. 생각해 보면 마음 한구석이 허전하고 서운한 감정이 절제하기 어렵기도 하다.

올해는 오랫동안 아파트 베란다에서 정성을 다해 키우던 꽃나무들이 너도나도 앞다투어 꽃을 피우고 있었다. 그중 5년이 넘도록 꽃을 피우지 않던 석류나무에서 예쁘고 빨간 꽃이 피었을 때 너무나 기뻤다. 너무나 놀랍고 사랑스러워서 온몸에 소름이 돋았다. 아파트 베란다 좁고 열악한 장소에 일조량이 부족한 곳이어서 꽃이 피어나는 길이 그렇게 멀었나 보다.

그 외에 씨를 심어서 싹을 키운 아보카도에서 하얀 꽃이 피던 날도 나는 '아마도 올해는 정말 좋은 일이 있으려나?' 하고 마음속 깊이 스스로 희망들을 키워가고 있었다.

사람은 자신의 미래를 계획하거나 설정하는 것은 조심스러운 일이다. 왜냐하면 그것은 계획한 것이 잘 맞을 수도 있지만, 계획이 어긋날 수도 있고 설정된 것들이 다른 길로 접어들 수도 있기 때문이다. 그래서 나는 "인간만사 새옹지마"라는 말을 잘 인용하며 살아간다. 인생의 길흉화복은 변화가 많아 예측하기 어렵다는 뜻으로 이르는 말이다.

부모는 자식의 가는 길을 바른길로 안내하며 가르칠 뿐이지, 그 이후에 일은 아무도 간섭할 수 없는 일이다. 평범한 삶의 길을 원했던 엄마의 마음은 이젠 그 아이가 선택한 길을 축복하며 건강하고 훌륭한 사람으로 잘 살아가기를 기도할 뿐이다.

아이는 이젠 구월이면 자신이 선택한 길로 걸어갈 것이다.

엄마 품에서 날아가는 아기 새처럼….

따뜻한 마음으로 그 아이의 선택한 길에 축복의 박수를 보낸다.

한 권의 책을 펴내며

책 한 권을 펴내기 위해서 오랜 진통의 시간을 보냈다.

그리고 그 책을 회원들의 손에 전하기도 쉬운 일이 아니다. 배송작업을 해 놓은 봉투를 봉합하려고 텅 빈 문협 사무실에 간 날, 혼자 앉아서 풀로 봉투를 붙이는 작업이 쉽지는 않았다. 봉투에 풀이 붙지를 않아서 여러 번 반복해서 풀칠해보았지만 접착제는 계속 겉돌았다. 그래서 이렇게 시간을 보내느니 우체국에 가서 천천히 봉투 봉함 작업을 계속해야겠다는 생각에 이르렀다.

아무 생각 없이 천천히 붙여서 택시를 타고 우체국까지 책을 가져가면 되겠거니, 그렇게 간단하게 생각했는데 계산 착오였다. 138권이나 되는 책을 집에서 가져온 커다란 비닐봉지에 2개 분량으로 담았다. 그리고 우체국으로 이동하려고 하니 골목길에서 택시도 안 잡히고 콜택시도 안되었다. 낙심한 표정으로 전전긍긍하던 차에 저 멀리서 구세주 같은 빈 택시 한 대가 오고 있었다.

급하게 손짓해서 신호를 보냈더니 점심 먹으러 가는 중이어서 안 된다고 손을 흔드신다. 그래서 나의 속 사정을 얘기하고 가까운 우체국까지만 태워다 달라고 했더니, 짐을 보시고는 선뜻 실어주시며 태워 주셨다.

"이렇게 무거운 짐을 어떻게 가져가시려고…." 하시며 아저씨가 심란해하셨다. 얼마나 고맙던지 복 많이 받으시라고 인사를 반복해서 했다.

문협에서 가까운 화서우체국은 정말 아주 가까운 위치에 자리를 잡고 있었다. '그렇게 가까운 위치에 있는 우체국인데, 내가 이동수단이 없으니 그 택시 아니면 무거운 책을 어떻게 운반할 수 있었겠나!' 생각하니 아저씨가 고맙고 또 고마웠다.

아저씨가 내려준 책을 우체국 안으로 끌고 가듯 하나씩 가져다 놓는데, 마지막 한 뭉치를 좀 늦게 가지러 가는 사이 폐지를 줍는 할아버지가 발로 뭉치를 걷어차고 있었다. "할아버지! 왜 발로 차세요?" 내가 달려가 말리면서 "그거 책인데요."라고 말하자 할아버지가 무안한 듯 쳐다보신다.

참 묘한 하루다. 귀하게 낸 책에 이런 수모를 겪게 하다니….

아무튼 테이프로 책 봉투 입구를 봉합하기 시작했다. 혼자서 끙끙대며 작업하는 내가 딱해 보였는지 안내하는 우체국 직원분이 한 뭉치를 거들어 주셔서 다행히 작업이 빠르게 끝났다.

그 후에 우표를 붙이는 과정을 마무리하면서 배송작업은 완벽하게 마칠 수 있었다. 어떤 일이든 겁내지 않는 나의 용감한 추진력은 좋았지만, 계산이 좀 빗나가서 고생을 했다. 그래도 좋은 경험을 했다고 생각하니 복잡했던 마음이 차분해졌다.

나의 시집 『시가 흐르는 풍경』은 그런 우여곡절 끝에 회원들에게 부쳐졌다. 그동안 내가 집에서 편안하게 받아보던 책들처럼 다른 이들도 이 책을 편하게 받아보리라. 나도 누군가에게 소중한 것을 나누어 준 것 같은 뿌듯함이 하루의 피로를 풀어지게 한다. 문득 별생각 없이 받았던 책들에 대해 미안한 생각이 많이 들었다. 이제부터는 집으로 배달되는 책 한 권 한 권을 정말 소중하게 간직해야지… 하고 마음속 깊숙이 다짐해 본다.

어떤 일을 하기 위해서는 뜻하지 않은 걸림돌이 있게 마련이다. 생각과는 다르게 배려하는 마음이 나에게 돌아오지 않아도, 생각지도 않은 다른 사람한테서 그 배려를 받았을 때 더없이 고마움을 느끼게 된다.

남의 힘든 부분을 그냥 지나치지 않는 습관이 필요하다.

길을 가다가 무거운 짐을 든 노인을 보면 함께 짐을 들어줄 줄 아는 배려와 힘들게 리어카를 끌고 가는 노인 뒤에서 함께 밀어줄 수 있는 용기. 그런 사소한 배려들이 모여 더불어 살아가는 삶의 아름다움을 이루는 게 아닐까?

한 해가 저물어가고 있다.

과연 나는 부끄러움 없는 삶을 살아가고 있을까? 혹시 나만의 이기심 속에서 아무 생각 없이 살아가고 있는 것은 아닌지… 왠지 무심코 지나치는 무관심 속에서 그냥 모르는 척 잘못된 습관으로 타인에게 큰 상처가 되는 일은 없었는지 한 번쯤 생각해 볼 일이다.

좋은 생각을 하면

모든 일은 마음먹기에 따라 달라진다는 말이 있다.

그래서 어떤 일을 앞두고 불길한 생각보다는 긍정적인 생각을 하면 일머리가 순조롭게 풀리는 경우도 많이 있다. 우리나라 속담에 까치가 울면 좋은 소식이 온다는 오래전부터 전해오는 이야기가 있다.

까치는 요즈음은 주변에서 흔히 볼 수 있는 새이다. 검은 깃털에 하얀색으로 혼합된 털은 아름답다고 하기보다는 정교한 느낌으로 다가온다. 까치는 언젠가부터 나에게는 정겨운 조류에 속하는 새이다. 그러나 내가 생각하는 까치에 대한 좋은 생각은 주말농장을 하는 사람들의 말을 들어보면 아주 귀찮은 새라고도 말한다.

피땀 흘려 농사를 지어놓은 곡식들을 다 쪼아 먹어서 망가뜨리는 경우가 많고, 공들여 심어놓은 씨앗들을 파헤쳐서 싹을 볼 수 없게 한다는 것이다.

시대의 변화에 따라 요즘은 아침에 일어나면 새들의 울음소리에 하루를 기쁘게 열던 시대와는 다른 감정으로 새들의 극성 때문에 골머리가 아파서 심각한 경우도 많은 것 같다.

인간의 하루처럼 바쁜 일상을 살아가는 새들도 공해에 찌든 자연의 공포감에서 비롯되는 경우일 수도 있으나 주어진 대로 살 수밖에 없는 그들만의 환경도 이해가 된다.

처음의 순수성을 잃어가는 것이 어찌 새뿐이겠는가?

내가 아침 일찍 출근할 때면 가끔씩 까치들의 터프한 목소리가 들려온다. 버스정류장으로 가는 길목의 느티나무 위에서 그들은 마치 내가 오기를 기다린 듯 혼자서 혹은 둘이서, 셋이서… 울고 있다. 그럴 때마다 나는 속으로 묻는다. '그래, 반가워! 오늘 무슨 좋은 소식이 있니?' 알 수 없는 그들만의 대화 속에 내가 끼어들 수는 없지만 속으로 나누는 대화는 좋은 느낌을 불러온다. 그런 생각으로 대화를 이끌어 가던 습관이 언젠가부터 일상이 되어갔다. 그리고 하루의 일과 속으로 그들을 끌어들였다. '그래 오늘은 좋은 일이 있을 거야!' 생각하다 보면 정말 생각지도 않던 일에서 성과를 거두는 일이 생기곤 했다. 마치 좋은 일이 있을 때, 어떤 징조를 보여주는 경우처럼 까치와 나는 속으로 대화에서 느낌이 전해져 왔다.

영업파트에 있는 나의 직업의 직감과 너무도 잘 맞는 경우가 되어버렸다. 그래서 이젠 나에게는 새로운 소식의 예령을 보여주는 신성한 새로 각인이 되는 새가 되어버렸다.

우리는 살아가면서 예감에 민감한 경우가 종종 있다. 그 예감들은 때로는 인생에서 행복과 불행의 길을 알려주는 자기만의 길을 열어주는 중요한 역할을 할 때도 있다.

세상을 살다 보면 누구나 한 치 앞도 알 수 없는 삶에 대한 두려움을 가질 수밖엔 없다. 그러나 좋은 생각으로 매사를 풀어간다면 좋은 일은 순조롭게 우리의 주변을 환하게 밝혀 줄 것이다.

세상은 갈수록 혼탁해지고 있다.

길지 않는 삶 속에서 내가 바로 서는 일은 마음먹기에 달려 있다. "생각을 바꾸면 세상이 달라진다"는 말을 되새기면서 오늘도 나는 험한 세상에 평화를 그려본다.

달래 할머니

저녁 무렵 집으로 가는 길이었다.

지하철 출구를 빠져나와 버스를 타기 위해서 건널목을 향해 가는 길에 80세 할머니가 내 앞을 가로막고 서 계셨다. 자그마한 키에 유모차를 끌고 무언가 얘기를 하고 싶은 듯 손짓을 하며 내게 다가오셨다.

“무슨 일 있으세요? 할머니?” 내가 묻자, 본인이 캔 달래가 너무 맛이 있어서 팔고 있는데 마트보다 많이 줄 테니 한 뭉치에 오천 원만 내고 가져가라신다. 얼마 전에 마트에서 사다 놓은 달래가 아직 냉장고에 있는데 할머니의 달래를 또 산다는 것은 내 마음이 허락하지 않았다. “집에 사다 놓은 것이 있는데요, 할머니.” 하며 내가 거절하자, 이 달래는 깨끗한 곳에서 캐서 좋은 것이니 사 놓고 먹으라는 것이었다. 할 수 없이 만 원짜리 한 장을 꺼내며 “할머니, 주세요.” 말하자, 할머니는 유모차 보자기에서 한 뭉치를 꺼내 주셨다. 그리고 오천 원을 거스름돈으로 내어 주시기가 그러신 듯, 마저 한 뭉치 더 사라고 강권하셨다. 너무 많아서 안 된다고 얘기하자 급하게 나의 말을 막아내신다.

마음이 약한 나는 어쩔 수 없이 한 뭉치를 더 사고야 말았다. 할머니의 판매 욕구는 대단해서 한번 인연이 되면 뗄 수가 없었다. "고마워요." 웃으시며 내 몸을 쓰다듬은 할머니는 아주 만족한 표정으로 다시 유모차를 끌며 내 등 뒤로 걸어가셨다.

다음 날 아침, 나는 달래를 씻어서 잘게 썰어 뜨거운 밥에 버무려 밥상에 올렸다. 아주 새파란 달래 입자가 하얀 쌀밥에 섞여서 너무 예뻤다. 마치 하얀 쌀밥에 새싹이 돋아난 듯….

한 수저 떠먹을 때마다 입속에서 달래 향이 가득하고 싹들이 간지러운 듯 소물거렸다. 그리고 할머니의 환한 모습이 떠올랐다. 할머니 덕분에 봄 밥상이 파릇파릇 풍성해졌다.

달래는 고향의 보리밭 이랑에서 자주 보던 긴 머리를 휘날리며 살아가는 여러해살이풀이다. 땅속에 칼끝을 깊숙이 넣어 둥그런 뿌리와 함께 캐서 달래 간장을 해 먹으면 입안에 봄 향기가 한가득 퍼지게 하는 나물이다.

오늘도 할머니는 불편한 다리를 끌고 들판을 다니시면서 달래를 캐고 계시겠지? 보약 같은 봄 햇살을 가르면서….

파란 봄 들판에서 봄바람에 머리카락을 날리며 앉아서 달래와 함께 놀고 계실 할머니의 모습이 눈앞에 어른거린다.

부디 오래오래 만수무강하시길! 달래 할머니의 건강을 빈다.

무르팍 도사

요즈음 나는 모처럼 한가한 시간을 보내고 있다.

너무나 한가해서 어느 땐 짜증이 나서 머리가 지끈거릴 때도 있다.

6월 초순이었다. 아침 일찍 버스에 올라탔다. 그러나 항상 번잡스럽던 서월 가는 버스 안은 운이 좋게도 맨 뒷자리에 좌석이 하나 비어있었다. 빈자리를 보는 순간 마음속에서는 '오- 오늘은 재수가 좋은 날이구나!' 하며 자리에 앉았다. 편안한 자리를 잡고 가는 날이 가뭄에 콩이 나는 일이여서 내심 기분이 좋았다. 차는 얼마를 달려 목적지에 도착했다. 뒷자리에 앉은 나는 황급하게 경계 턱을 뛰어넘었다. 그런데 오른쪽 무릎이 잠깐 꺾이는 듯하더니 약간의 통증이 느껴졌다.

출근길이어서 통증을 참으며 가던 길을 그냥 갔다. 그날은 그렇게 나의 인내심으로 무사한 일상으로 지나갔다. 그러나 그다음 날은 그 인내의 대가를 치르고야 말았다. 출근도 잘하고 회사에서 근무도 아무 탈 없이 일을 마치고 퇴근길에 지하철을 타려고 계단을 잘 내려왔는데… 갑자기 몸의 중심을 잃고 바닥에 주저앉고 말았다.

문제의 오른쪽 다리가 힘을 잃고 쓰러진 것이었다. 주저앉은 다리를 일으켜 일어서 보려고 하였으나 꼼짝을 할 수가 없었다. 오른쪽 무릎 옆에 심한 통증이 느껴지면서 도저히 일어서서 한 걸음도 걸을 수가 없었다. 너무나 황당한 일이어서 주위를 돌아보니 같이 근무하던 직장동료들이 퇴근하는 모습이 보였다. 순간 나의 부자유스런 모습을 보고 그들이 달려왔다. 갑자기 일어난 일을 얘기하며 걸을 수가 없으니 나를 좀 부추겨 달라고 도움을 청했다. 일단 부축을 받고 다시 지상으로 올라가야 할 것 같았다. 동료들의 부축을 받으며 천천히 조심스럽게 계단을 올라갔다. 그리고 먼저 주변에 있는 정형외과병원을 찾았다. 그러나 평소에 무심코 지나친 병원은 간판이 눈에 들어오지 않았다. 정신을 차리고 내가 서 있는 곳에서 맞은편에 정형외과 병원 하나가 눈에 들어왔다.

간신히 아픈 다리를 부추기며 병원에 들어갔다. 그런데 진료시간은 저녁 5시까지여서 진료 마감이 되었다는 것이었다. 나의 급한 사정을 매몰차게 바라보며 몇 마디 할 뿐이었다. 무심한 눈빛만이 아무렇지 않게 나를 바라보고만 있었다. '현실은 이런 것이구나!' 하고 새삼 느꼈다. 급한 사정에도 시간의 한계점을 고수하는 곳이 병원이라는 것을 뼈저리게 실감했다. 인술을 다루는 병원의 냉정함이 싸늘한 바람으로 뺨을 스쳐갔다.

그 시선들을 뒤로하고 돌아서 병원을 나와 병원 앞에 서 있는 택시를 발견하고 그 차에 올라탔다. 서울에서 용인까지 택시를 타고 우선 집 앞에 있는 병원으로 달렸다. 다행히도 그 병원은 저녁 7시까지 진료를 한단다.

나의 무릎 상태를 보신 의사는 무릎 인대가 의심스럽다고 했다. 나이가 들면서 가끔 찢어지거나 연골이 파열되는 경우가 종종 생기는 일이라고 하며 MRI 촬영을 해야 정확한 이유를 알겠다고 했다. 나는 참담한 표정을 지으며 집으로 일단 돌아왔다.

그다음 날 지인 중 한 분이신 수원의 정형외과 병원장님을 찾아갔다. 그 병원에서 의뢰를 받아 MRI 촬영을 했다. 사진을 보신 원장님은 무릎인대가 늘어났다고 진단하셨다. 한동안 물리치료를 받고 약을 먹으면 괜찮을 거라고 대수롭지 않게 이야기하셨다. 평소 약간의 근력 강화 운동으로 수영을 추천하셨다. 나이를 들면서 관절에 무리가 덜 가는 운동으로는 제일 괜찮은 운동이라고 덧붙이셨다. 그분의 말을 들으니 그동안 경직되었던 마음이 조금은 풀리는 듯했다. 그 병원은 집과의 거리가 좀 있는 관계로 물리치료는 집 가까운 곳에서 받으라고 했다.

그즈음 마침 최근에 집 가까이에 정형외과병원이 새로 생겼다는 얘기를 우연히 전해들었다. 그다음 날 그 병원에 찾아갔다. 한 걸음도 버거운 나에게는 구세주처럼 반가운 일이었다. 전날 촬영한 사진을 가지고 가서 그동안 전후 사정을 이야기했다.

의사는 영문으로 된 사진 판독 글을 읽어주며 퇴행성관절염이 보이고 인대가 찢어졌다고 했다. 이런 경우 수술하기도 하는데, 지금 상태로는 수술하기는 이른 감이 있고 물리치료와 약으로 치료하며 결과를 보자고 했다. 어쩌다 보니 병원 세 군데를 다니며 의사들의 말을 들었는데 병명에 대한 말들이 조금씩 달랐다. 각각 나름대로 환자 진료 과정에서 얻은 경험과 전문지식이 달라서인지 환자를 다루는 인술의 방식과 해석은 조금씩 다르다는 걸 느낄 수 있었다.

결론은 나의 마음가짐이었다. 오랜 시간이 필요한 무릎관절에 대한 치료를 나 자신 한동안 인내심을 갖고 치료해야 했다. 20년 가까이 출근하면서 두 다리의 건재함을 당연하게 생각했었는데. 공을 잊어서는 안 되는 일이었다. 그동안 건강하게 지탱해준 다리에게 고마움을 새삼 느껴졌다. 그러나 오랫동안 다니던 직장을 그만두고 하루하루 시간의 숫자를 세어야 하는 일상이란 견디기가 쉬운 일은 아니었다. 그리고 생각만큼 병도 호전이 되지 않았다. 착잡한 마음으로 치료받던 나에게 의사는 다시 한방치료를 병행해 보라고 권유했다.

그래서 지금은 한방병원에서 침술과 물리치료를 받고 있다.

무릎은 조금씩 차도가 생기기 시작했다. 그러나 생각대로 쉽게 차도를 보이는 병이 아니어서 성급한 성격을 가진 내 마음을 다스리기가 힘이 든다.

경험이 선생이란 말이 있다. 나와 똑같은 병으로 고생한 적이 있다는 사람들의 말을 귀동냥하면서 그 치료법을 병행하고 있다. 집에서 쑥뜸을 떠보기도 하고 핫팩으로 무릎을 감싸기도 하며 무릎 치료에 대한 온 정성을 다 쏟아붓고 있다.

이런 나는 먼 훗날 내가 앓고 있는 병의 전문적인 고수가 될지도 모를 일이다.

제4부

걱정을 말아요

동물에 풍덩 빠지다

나는 동물을 좋아한다.

예전에 까만 고양이를 키워본 적도 있다. 그래서 동물을 보면 친근감이 먼저 생겨 길가에서 어쩌다 만나는 강아지나 고양이를 보면 나도 모르게 귀여워서 어디 가니? 하고 말을 걸어 보기도 한다.

요즘 자이언트 판다 푸바오에 관한 얘기들로 뜨겁다.

나도 푸바오에 빠져서 그 동물의 일상 관찰에 시간 가는 줄을 모른다. 중국의 판다 외교는 판다 수가 점점 줄어들면서 여러 나라에 판다 임대를 시작한 것이라고 한다. 푸바오는 중국에서 한국의 용인 에버랜드동물원에 임대 계약으로 들여온 아빠 러바오와 엄마 아이바오 사이에서 태어난 첫째 딸이다.

만 4세가 되기 전에 다시 새끼 판다는 중국으로 돌아가 또 다른 가정을 꾸려야 한다. 그래서 푸바오는 올해 4월에 중국으로 돌아갔고 그곳에서 성인이 될 때까지 적응하면서 살아가야 한다. 한국에서 사육사들의 사랑을 한 몸에 받으며 행복했던 푸바오! 그러나 낯선 곳에서 보내는 일상은 볼 때마다 안쓰럽고 걱정스럽기도 하다.

대나무, 죽순과 당근, 사과, 워토우는 그가 주로 먹는 음식이다. 실외방사장에서 풀밭을 거닐며 사육사가 감춰놓은 먹이 보물을 찾아서 먹는 과정을 보기 위해서 수많은 관람객이 붐빈다고 한다. 앞구르기를 잘하는 판다 푸바오는 사람들의 감탄하는 소리에 더욱 신이 난다. 그의 일상을 보기 위해서 사람들의 인기가 하늘을 찌른다.

매일 유튜브로 감상하는 나도 그녀의 귀여운 모습에 푹 빠져있다. '푸바오만큼 사람들로부터 사랑을 독차지한 동물이 있었던가?' 생각할 정도로 그의 일상을 보고 있으면 중독된다. 단지 그가 풀밭을 거닐거나 나무에 올라가서 먹는 모습을 보여줄 뿐인데, 보면 볼수록 그의 행보에 푹 빠지게 된다.

요즘은 세계여행을 가거나 국내에서도 인기 프로가 먹는 방송이 대세인 것 같다. 텔레비전 채널을 돌려보면 결국 흔히 말하는 먹방으로 결론지어지는 흐름을 보게 되는데, 푸바오의 먹방을 무어라 말할 수는 없는 것 같다. 맛있는 것을 찾아 미식가들의 먹는 모습으로 진행되는 시대의 변화!

그중 푸바오의 먹방은 혼자서 나무에 앉거나 누워서 먹는 걸 바라보는 그 모습을 보기 위해서 잠깐 5분의 관람으로 긴 줄 서기로 시간을 보내는 팬들의 극성! 그 흐름을 외면하기에는 빠져보지 않은 사람은 모른다. 사람의 일상을 보는듯한 푸바오의 일과는 스스로 자기의 갈 길을 잘 알고 있다.

사육사의 지시에 따라 주어진 환경에서 달리기 걷기 물놀이 먹는 모습을 보여주는 그의 일상을 보면서 나의 하루의 계획을 뒤돌아보게 한다. 무료하지 않게 하루를 잘 관리하면서 시간을 활용하는 모습. 나이가 들면서 무료함을 달래기 위해서 복지관 프로그램의 학습에 도전하는 사람들이 많다. 노래 교실, 수영, 체조, 미술, 문학 등 기타 여러 가지 노후를 보람 있게 보내기 위한 열정들이 대단하다. 나는 글을 쓰고 늦게나마 물감 놀이에 빠져서 시간을 보내고 있으니 얼마나 다행인가!

동물 푸바오의 일상을 보면서 살아가는 것은 자기가 선택한 길 위에서 좋은 습관으로 길들여 살아가는 것이다. 길지 않는 생을 마감할 때까지 건강하게 홀로서기 일상을 잘 다스리며 살아간다면 성공한 삶이 아닐까?

자이언트 판다의 무거운 몸으로 느린 걸음에서 느껴지는 교훈!

동물에게서 배우는 지혜. 모든 것은 과정이 중요한 것처럼….

빨리 성공하고 빨리 출세하고 싶은 마음이 꼭 행복한 것은 아니라고 생각해 본다.

세월은 추억을 그린다

어느덧 세월은 흘러 추억의 시간이 차창 밖에서 손을 흔들며 영상처럼 지나간다. 고향을 떠난 지도 어언 40여 년의 시간이 흘러갔으니 성산초등학교를 졸업한 지는 까마득하다. 벌써 창립 100주년을 맞은 성산초등학교 지금도 건재하고 있으니 진심으로 축하할 일이다.

생각해 보면 그동안 먼 여행을 떠나온 듯 초등학교의 기억이 낯설다. 내가 초등학교에 다닐 때는 교통수단이 좋지 않아서 꽤 먼 길을 걸어서 다녔다.

흙먼지 뽀얗게 내려앉는 비포장도로의 신장로에는 가을에는 코스모스꽃이 활짝 피어있었다. 이름 모를 꽃들과 벌레들 산새들의 소리가 가로수길을 외롭지 않게 했다. 자연과 더불어 산책하듯 친구들과 함께하는 시간이 지금은 참 좋은 학습이었다고 생각이 든다.

학교 가는 길에는 당그래산(당시의 산 이름)이 있었다. 보리가 누렇게 익어가는 계절에 보리밭 혹은 그 당그래산에서 문둥이가 숨어 있다 사람을 잡아먹는다는 흉흉한 얘기가 떠돌았다. 그래서 그 산모퉁이를 돌아갈 때면 무서워서 '다리야, 날 살려라!' 하며 뛰어갔다. 그 산모퉁이만 지나가면 성산초등학교가 있었기 때문이다.

어린 마음에 얼마나 마음이 조였는지 모른다.

자연과 함께 시골에서 자란 아이들은 감수성이 풍부하고 도시의 아이들보다 순수함이 많아서 모든 사물을 보면 상상력이 풍부하고 남다른 감정의 표현이 있는 것 같다.

초등학교 3, 4학년 때였다. 우리 반은 학급문집을 만들어서 글쓰기 공부를 많이 했었다. 그때 임택근 아나운서님 글을 써서 문집도 보내드리고, 소년동아일보에 동시가 실려서 신문사에서 상품을 보내줘서 받았던 기억이 난다. 지금 생각해 보면 세종대왕 책을 받았던 기억이 난다.

그때 담임 선생님이 이종성 선생님이셨는데 글 쓰는 재주가 많으셨던 분이셨다. 그래서 우리에게 글쓰기 공부를 남다르게 가르쳐 주셨던 것 같다.

난 그때 학급기자로 활동했던 기억이 떠오른다.

경험은 성공의 어머니라고 했던가?

그 어린 시절 겨자씨만 한 작은 경험이 밀알이 되어 지금은 글 쓰는 사람이 되었다. 그 작은 시작을 바탕으로 칠십의 나이까지 시와 수필을 쓰고 그림까지 그리면서 여가를 보내고 있다.

무료한 여정의 동반자로 소중한 시간을 채우니 얼마나 다행스러운 일인가?

게다가 예술인으로도 활동하고 있으니 얼마나 큰 영광인가?

해마다 돌아오는 어린이날이다.

요즘은 아이를 많이 낳지 않아서 하나나 둘을 낳고 그만이다. 가뜩이나 인구수가 많이 줄어들어서 국가적으로 위기에 처해 있는데 인구감소와 더불어 시골 학교들이 하나씩 폐교가 되는 실정이라고 하니 참 안타까운 현실이다.

시대의 흐름이 도시로 향한 편집된 변화는 옛것이 사라지는 아쉬움 속에서 살아갈 수밖에 없는 것인가?

자연을 노래하며 자연과 함께 걸어가는 좁다란 논둑길이 그리워진다. 내가 다닌 성산초등학교는 100년 200년 이상 영원하기를 기대한다.

잡힐 듯 잡힐 듯 잡히지 않는

태양의 정점을 지나가는 계절 여름.

나무 위에 앉아서 울고 있는 매미의 한가로운 모습이 모처럼 정겹게 들려온다. 가슴 조이며 살아가는 하루하루의 희박한 생활 속에서 언젠가부터 심기가 편해 본 날이 없었던 것 같다. 바이러스와의 투쟁과 경제적인 압박감 속에서 하루가 지나면 좋아질까? 점점 좋아지겠지? 괜찮아! 난 할 수 있어! 하며 독백처럼 중얼거리는 시간 속의 미로….

지난 6월 중순, 나는 심한 스트레스로 인한 증상으로 대상포진에 걸려 7월이 다 지나가는 현재까지 고생하고 있다. 평소 건강한 체력을 가지고 살아왔던 내가 뜻하지 않게 한여름 심한 열기만큼이나 고통스럽게 나날을 보내는 것이다. 하긴, 예방접종을 게으르게 지나갔으니, 나의 병마 허점을 준 것이리라!

처음엔 단순한 뾰루지처럼 가슴팍이 부풀어서 대일 밴드를 붙였는데, 갈수록 몸이 바늘로 찌르듯이 아프고 빨간 물집이 생기면서 번져갔다. 동네 병원에 갔더니 의사 선생님이 "대상포진이 아주 심하게 왔군요." 걱정스럽게 말씀하셨다. 그리고 면역력 주사로 마늘주사 수액을 맞고 약을 계속 먹으면서 치료하고 있었다. 그러나 생각보다 빨리 낫는 병이 아니었다.

대상포진을 앓고 난 사람들의 말을 들어보면 결코 쉽게 낫는 병이 아니란다. 잘 먹고 푹 쉬면서 꾸준한 약물치료와 면역력 증가시키는 주사를 맞아야 한다는 것이었다. 빨간 수포와 상처도 쉽게 낫지 않았고, 예전의 건강 상태를 유지하는 일도 쉽지 않았다. 그렇다면 이 더운 여름날, 쾌적하지 않은 환경에서 푹 쉬는 일도 여의찮으니, 난 쉽게 치유되지 않는다는 병마와의 한바탕 시간 게임을 해야 하는 상황이었다. 긍정적인 성격에 스트레스에도 웃음으로 넘어갔던 나의 허세가 저만치서 웃고 있었다. 진정 나의 성격이 이런 결과를 초래한 것인가 하고 생각하니 나 자신이 허탈해졌다.

모든 것들은 시간과의 싸움인 듯 아무튼 결과에 승복하고 의사의 처방에 열심히 치료한 덕분인지 점점 호전되어가는 나의 몸을 느끼게 된다. 건강은 마음의 치유가 절반을 좌우한다고 한다. 난 희망적인 사고를 가진 성격의 소유자이다. 머지않아 내가 걸린 대상포진을 꼭 잡아버릴 날이 올 것이라고 굳게 다짐해 본다.

필요가 그를 밝히듯이 필사적인 건강 회복을 위해 나의 각오를 새롭게 재다짐해 본다. 세상엔 잡으려고 해도 잡히지 않는 일들이 너무 많다.

어느 날, 나는 베란다 방충망을 열고 창밖을 바라보다가 파리 한 마리가 안으로 휙 날아 들어오는 걸 보았다. 꽤 큰 놈이어서 빨리 잡아야겠다고 생각하며 거실로 들어와 파리채를 가지고 와서 방충망에 앉아있는 파리를 향해 내리쳤다. 그러나 그 파리는 튕겨 나오듯 허공을 한 바퀴 돌더니 어디론지 틈새로 들어가 버리고 보이지 않았다.

계속 파리채를 흔들며, 나타나면 이번엔 꼭 잡아야지 하며 노려보고 있는데 나타나지를 않았다. '분명 파리채로 맞았기 때문에 몸이 온전하지는 못할 텐데' 하고 거실로 들어와서 시간을 보내고 있다가 다시 베란다로 나가서 파리를 찾고 있었다. 그런데 나의 예리한 눈매에 포착된 창틀에 엎드려 있는 파리의 사체를 볼 수 있었다. "그러면 그렇지 한 방 맞고 여기에 죽어서 엎드려 있구먼." 미소를 지었다. 방안에서 가져온 휴지로 파리의 사체를 잡아서 치우려는 순간, 파리가 순식간에 허공으로 날아가 버렸다. 참 모를 일이다. 분명히 죽은 모습이었는데, 그 파리의 연기가 나를 이렇게 허탈하게 만들다니… 그 이후 멀리 사라진 파리의 뒷모습이 한동안 내 머릿속에 맴돌았다.

인간은 얼마나 나약한 동물인가?

코로나바이러스에서 우리는 언제나 자유로울 수 있을지 아직도 캄캄하다. 잡힐 듯하면서 잡히지 않는, 수 없는 경제적인 문제들도 너무 많아서 사람들은 많은 불편을 호소하며 살아가고 있다.

우린 우리 스스로 자맥질하며 건강한 정신과 사고로 어려움을 헤쳐나갈 수밖에 없는 것인가?

절망을 버리고 희망을 향해서 걸어가고 싶은 우리의 강인한 의지만이 살아남을 뿐이다.

미워하는 마음

살아가는 공동생활에서 모두가 내 마음과 같지 않아서 서로 언쟁하고 다투는 일이 많다. 미워하는 마음이 가득하다 보면 상대방을 밀어내고 싶은 마음에 스스로 마음이 편치 않아서 생활에 불편함을 느끼게 마련이다.

직장에서 혹은 동네 이웃끼리도 사소한 일로 서로 헐뜯고 싸우다가 결국 송사 사건에 휘말려서 오랫동안 법정 싸움까지 가는 경우도 볼 수 있었다. 말하기 좋아서 남을 비방하고 엉뚱한 말을 물어내는 안 좋은 습관을 갖은 사람은 항상 동네에서도 쌈닭이 된다.

말을 할 때는 상대의 마음을 생각하여 말을 함부로 하지 않고 행동을 조심하는 습관이 필요하다. 좀 우습지만 이에 관하여 교훈으로 전해지는 한 이야기가 있다.

'마음을 비워야 한다는 신의 진리를 논하는 교회 단체에서 열심인 신도가 있었다. 그는 다른 열심인 봉사자에게 질투와 시기를 느끼기 시작했다. 사람은 누구나 승부 욕심에는 물불을 안 가린다.

어느 날, 그 신자는 자기가 다니는 교회에 미워하는 사람이 생겨서 생각 끝에 마음에 모시는 그분께 간절히 기도했다고 한다. '그 사람만 없으면 제가 더 열심히 당신을 모시겠습니다'라고. 그랬더니 정말 그 사람이 어느 날 신기하게도 이사를 갔다고 한다. 미워하던 사람 자기 곁에서 사라졌으니 이젠 마음이 편안하여 열심히 봉사하면서 잘 살았다고 한다.

그런데 그 사람이 가고 난 후, 또 한 사람이 그 신도의 마음을 거스르게 하며 기분을 나쁘게 하여 다시 기도했다. 그러자 얼마나 지나서 그 사람도 이사를 갔다고 한다. '아, 이젠 정말 마음을 다하여 열심히 신앙생활을 할 수 있겠다!' 생각했는데, 그 교회에 봉사할 사람이 다 나가고 없었다고 한다.

그러자 어느 날 신의 음성이 들려왔다. '이젠 너 때문에 봉사할 사람이 없으니 네가 나가야겠다.' 미워하는 마음으로 사람들을 몰아내더니 자기마저 나가는 신세가 되었다고 한다.

이 이야기는 어쩌면 어떤 교훈의 실마리를 잡고자 만들어 낸 이야기겠지만, 남을 미워하면 결국은 자신에게 좋을 것이 없다는 진리를 깨닫게 하는 이야기이다.

직장생활에서 동료 혹은 상사의 만용 때문에 이직할 수밖에 없는 상황이 있거나, 남을 험담하다가 되려 자기가 당하는 경우도 많이 볼 수 있다. 아무리 시대가 변하여 물질 만능의 시대에 권력의 남용 앞에 엎드려야 하는 힘없는 사람들의 억울함이 있어도 시간이 지나면 결국 진리는 살아있다.

그래서 세상은 살만한 것이다.

남을 미워하기보다는 한 걸음 물러서는 겸손과 사랑을 실천해야겠다. 남들이 아무리 남을 미워하는 행동을 해도, 나만은 휩쓸리지 않고 정의의 편에서 대변해준다면 모순된 사회는 바로 잡힐 것이다.

끝까지 정의의 편에서 싸우는 돈키호테가 많은 사회가 되길 빈다.

걱정을 말아요

우리는 살아가면서 걱정을 많이 하며 살아간다.

돈 걱정, 자식 걱정, 건강 걱정, 노후의 경제적인 걱정 등 많은 걱정 속에서 살아가는 것이다. 오늘이 지나면 내일이 걱정스럽고 그러다 보면 욕심의 한계에서 벗어나기가 쉽지 않다. 살아있는 동안은 쉴 수 없이 생각은 꼬리를 물고 근심과 걱정이 끊이지 않는 것이 인생살이다. 그러나 사람들은 어렵다고 하면서도 결국은 무사히 잘 살아가고 있다.

부모가 힘이 들면 자식이 부족한 부분을 채워주고, 자식이 시원찮으면 부모가 나서서 채워주기 마련이다. 어떤 이는 좋은 이웃을 만나서 어려운 고비를 넘기는가 하면, 돈 많은 독지가의 도움으로 힘든 생을 이어가는 경우도 있다. 세상살이가 어렵다고 하지만 죽을 만큼 힘들면 하늘이 도와서 다시 살아나는 경우도 많다.

그래서 살다 보면 살아진다는 유행가 가사처럼 물은 어떤 경우에도 흘러가게 마련이고, 걸림돌이 있으면 그 돌을 뛰어넘거나 돌아서 땅속으로 스며들며 흘러간다. 간간이 포기하거나 좌절하는 사람에게는 그 끝이 끝으로 종말을 맞을 때도 있지만, 마음먹기에 따라서 상황은 언제나 바뀔 수 있다.

살면서 많은 굴곡의 산등성이를 넘어가다 보면 골짜기에 빠지는 일이 많다. 그래서 종교를 가진 사람은 자기가 믿은 그분께 두 손 모아 간절히 기도하고, 누구나 지푸라기라도 잡고 싶은 마음에 부정보다는 긍정의 마음으로 주문을 외우듯 되뇌며 살아간다. 물론 그런 것들이 허무 일수도 있지만, 마지막 벼랑 끝에 선 사람에게는 희망이고 간절함의 마지막 무기이기도 하다. 그 정성이 하늘에 닿아서 기적이 일어나고, 아니면 최선의 선택에 만족하며 위안을 얻기도 한다.

그러나 걱정한다고 해서 모든 것이 이루어지는 것은 아니다. 최선의 노력과 간절한 소망이 마음에 가득하다면 결국 살아갈 수 있는 것이다. 지나고 나면 어려운 고비를 넘겼던 일들을 무용담처럼 웃으며 얘기할 것이다. 살아가는 길 위에 힘이 안 드는 사람이 있을까? 걱정보다는 희망적인 생각으로 세상을 살아간다면 힘든 여정이 조금은 가벼워지지 않을까?

올해 여름은 참 무더위 속에서 힘들게 지나가고 있다.

에어컨을 켜고 선풍기를 돌리며 바람을 모아 보지만 모두들 이상기온의 열기 속에서 헉헉대고 있었다. 하루에 몇 번의 샤워를 하고 인공 바람에 의지하면서 시간을 보내다 보니 어느덧 입추도 지났다. 언젠가는 가을의 선선한 바람을 사랑할 날이 머지 않았다.

항상 슬기롭게 극한에서 극복하는 마음의 준비를 하고 살아가는 연습을 하며 살아가면 좋을 듯하다.

여행을 떠나다

갈대가 흔들릴 때마다 왠지 슬픈 울음소리로 들려온다.

지나온 세월의 굴곡 때문일까?

그리움과 보고 싶다는 생각이 자꾸만 머리를 스쳐간다.

그가 우리 집에 애완용 동물로 들어왔을 때 아주 작은 새끼 고양이였다. 까만 벨벳 옷을 입은 그는 동그란 눈매만큼이나 감정이 정직했고 표현력도 감동적이었다. 어쩌다 식구들이 외출할 때면 문 앞에 나와 바닥에 뒹굴면서 애교스런 몸짓으로 기쁨을 주었다. 집 잘 보고 있으라고 하면 야옹 하며 대답도 잘하는 어쩌면 사람처럼 영특함을 갖은 동물이었다.

어릴 적 시골집에는 호피 무늬를 한 고양이가 우리 집에 여러 마리 있었다. 곡식 창고에 쥐들이 많아서 그들을 잡기 위한 고양이들을 한 그룹처럼 키우고 있었다. 어른 고양이들은 새끼를 낳아서 종족 번식이 일상이었고, 그 새끼들은 다른 집으로 입양

되어 스스럼없이 살아가는 것이었다.

생선을 좋아하는 고양이들은 차려놓은 밥상에 오르다가 호통에 놀라서 줄행랑을 치는 일이 일상이었다. 그러나 애완용 양냥이는 밥 대신 사료를 먹고 가끔 캔 깡통에 든 육류 혹은 생선 가공식품을 먹는 정갈함을 보여준다.

햇살이 거실 깊숙이 들어오는 날은 양지바른 위치에 앉아 털 고르기에 여념이 없었고, 혀로 발바닥 닦기, 침을 발라 세수하는 모습은 그의 일상에서 오는 귀여움으로 느껴졌다. 언제나 정갈한 방석에 앉아서 오수를 즐기는 양냥이의 모습은 고고함과 위엄을 자아냈다. 가끔은 장롱 속으로 숨어들어 숨바꼭질하듯 찾아보면 깊은 잠에 취해서 축 늘어진 상태로 우리의 손에 끌려 나오기도 한다.

아침에 일어나서 "양냥이 잘 잤어?" 하면 야옹 하며 달려오고 그런 그를 끌어안고 코 뽀뽀를 하며 아침을 열었던 시간들이 아쉬움을 더하게 한다.

소파에 앉아 텔레비전을 시청할 때도 "양냥아, 이리 올라와" 하면 "야옹~" 하며 올라와 내 옆에 앉아서 쓰다듬는 내 손의 느낌으로 그르렁거리며 잠을 청하던 그가 자꾸만 생각이 난다.

팔월의 중순을 지난 날씨는 더위의 극치를 보이며 생명이 있는 것들은 숨쉬기가 버거웠다. 그날은 대문 앞에 있는 가스 검침

란에 검침 숫자를 쓰는 날이었다. 요즈음 문을 열어놓으면 갑자기 양냥이가 바깥세상이 그리운지 아파트 복도를 나가는 버릇이 있어서 조심스럽게 문을 조금 열고 검침 숫자를 쓰고 문을 닫았다. 그리고 서둘러 출근 준비를 하고 문 앞에 서성거렸을 때 항상 문 앞에서 재롱을 피우던 양냥이가 보이지 않았다. "양냥아!" 하고 불렀으나 아무 기척이 없다. 나는 '어디 깊숙한 장롱 속 깊은 곳에 들어가 잠을 자나 보다' 하고 서둘러 집을 나왔다. 그리고 가던 길을 멈추고 '혹시 아파트 복도 위층 계단을 올라갔나?' 하고 찾아보았다. 그러나 양냥이는 없었다. 집에 있을 거라 여기며 서둘러 출근했다.

퇴근하고 집에 돌아오니 항상 문소리에 달려오던 양냥이는 없었다. "오늘도 집 잘 보고 있었어?" 하며 안아주던 나의 손이 허전했다. 그리고 불길한 예감에 집안을 다 찾아보았으나 없었다. 그렇다면 아침 그 짧은 문 열림에 그는 빛의 속도로 집을 나가 버린 것이다.

그가 우리와 함께한 세월, 강산이 변한다는 10년하고도 3년을 더한 13년을 함께한 시간만큼 사랑스러운 그리움으로 식구들의 가슴을 많이 아프게 한다.

그가 떠나간 지 어느덧 한 달이 다 되어간다. 그러나 그날 청소를 하시던 아주머니가 웬 까만 고양이가 아파트 복도 계단에 앉아있었다는 얘기가 들려올 뿐, 그를 보았다는 제보는 들려오지 않았다. 애완동물 사랑을 처음으로 오랫동안 느껴보며 키우다가 떠나보내는 마음은 정말 가슴 아픈 일이다.

그가 인간의 삶에 깊숙이 들어와 함께한 나날들, 그날들을 잊기에는 “세월이 약”이라는 말이 실감이 난다. 어떤 이는 동물의 수명이 다하여 죽음을 준비하기 위해서 여행을 떠났노라고 하며 위로의 말을 했다. 항상 높은 곳에 앉아 저 멀리 푸른 초원을 바라보며 그가 준비한 여행길이라면 그의 소원을 인간이 말릴 수는 없으리라.

긴 여행이 끝나는 날, 인연이면 생명이 있는 한 다시 만나기를 소원한다.

인간사 첫사랑의 슬픔이 이보다 더 아픈 것일까?

이젠 그가 계획한 새로운 세상에서 잘 지내길 빌 뿐이다.

잘 살아가는 것이란?

인생을 살아가는데 정답은 없다고 한다.

누군가는 살아생전에 무언가를 남기기 위해서 날마다 정리를 하고 매년 유언장을 쓴다고 한다. 살면서 가장 힘든 일은 몸이 아플 때인 것 같다. 그래서 죽는 날까지 건강하게 살다가 생을 마감하는 것이 소원이기도 하다.

나이를 먹으면서 느껴지는 것이다.

내가 아는 지인 중 80세를 넘은 작가가 있다. 사후에 많은 상패나 책들을 어떻게 해야 하는지 고민하고 있었다. 젊어서 활동도 많이 하고 누구보다도 열정이 넘친 욕심으로 살아온 지난날의 아끼던 전리품들!

그래서 요즘 하나씩 버리는 연습을 하고 있다고 한다.

먼저 간 노철학자가 생전의 어록처럼 남긴 말이 생각이 난다. 무엇을 하겠다고 무엇을 남기겠다고 사람들은 열을 내며 살아가지만 모두 부질없음을 얘기했다. 죽음 뒤에는 아무것도 남길 것도 남는 것도 없노라고….

어떻게 생각하면 너무 허무한 일상을 얘기하는 것 같지만 한 번쯤 생각해 볼 일이다. 살아생전의 타오르는 꿈과 욕심에 찬 물을 끼얹는 일이기도 하다. 꿈과 희망이 있는 사랑탑을 향한 열정의 시간들을 하루아침에 다 버리고 살아간다면 무슨 삶의 의미가 있겠는가!

무엇을 하기 위함보다 살아있으니 도전하고 승리를 갈구하는 삶의 추임새 같은 것! 버릴 때 버릴망정 높이 타오르고 싶은 욕망의 샘에서 근엄하게 살고 싶은 인간의 발돋움 같은 것이 아닐까?

세상은 참 좋은 조건으로 삶을 이끌어 간다.

날마다 변해가는 최첨단의 로봇이 등장하여 인간을 대신하여 모든 일을 대행해 가는 시대! 머지않아 사라져 가는 것들이 많아서 손을 놓아야 할지도 모른다. 그러나 난 생각한다. 내가 힘이 있고 할 수 있을 때까지 갈 수 있는 길을 걸어갈 것이다.

필요하든, 필요하지 않다고 얘기하든 삶은 소중한 것이기에….

코로나19 바이러스의 나날

세계를 뒤흔들고 있는 바이러스의 재앙 앞에서 우리는 날마다 공포에 떨고 있다. 날마다 확진자 소식을 문자메시지로 접하면서 걱정과 근심 어린 표정으로. 언제나 물러날 것인지 하루속히 그를 퇴치하는 백신이 나오기를 학수고대하고 있다.

코로나19 바이러스는 처음 중국의 우한 화난시장의 박쥐를 날것으로 먹은 사람들로부터 시작되었다는 소문은 퍼져나갔고, 수많은 사람이 죽어가는 무서운 바이러스 확산은 날마다 공포로 이어졌다.

그즈음 그곳에서 우한 중앙병원의 의사, 리원량 씨는 코로나19 위험성을 미리 깨달아 최초로 외부로 알리려 했던 사람이라고 한다. 그러나 공안에 유언비어를 퍼뜨린다는 이유로 공안에 잡혀가 조사를 받았다고 한다. 그리고 안타깝게도 의사 리원량 씨는 2020년 2월 7일 코로나19 때문에 현지에서 봉사하다가 감염되어

사망하게 된다.

그 후 SNS에는 그의 죽음을 애도하는 글로 깊은 애도를 표했다. 그리고 그가 가족에게 남긴 슬픈 편지가 수없이 떠돌고 있었다. 그의 글을 읽어가면서 젊은 의사의 애절한 글 속에서 공포의 우한 도시에서 위험을 무릅쓰고 환자를 돌보다가 세상을 떠난 그의 영정에 삼가 고인의 명복을 진심으로 빌었다. 34세 젊은 나이로 부인과 아들 그리고 아직 태어나지 않은 배 속의 아이에게까지 이승을 하직하며 쓴 마지막 편지는 불 꺼진 우한 도시의 쓸쓸한 창문처럼 우리의 눈시울을 적셨다.

이 시간에도 코로나 대책본부에서 위험을 감내하며 환자들을 돌보고 있는 의사와 봉사자들에게 고개 숙여 심심한 감사를 드린다. 감기와 비슷한 증세로 기침과 고열이 나고, 폐렴 증세로 온몸에 심한 근육통이 온다는 코로나19 바이러스는 모든 사람의 발길을 묶어놓아서 단체 활동이나 모임이 줄어들고 있는 현실이다. 마스크를 쓰고 자주 손을 씻어야 하는 예방 조치와 거리두기가 반복되는 생활. 언제쯤에나 이런 답답한 생활에서 자유로울지 참으로 걱정스러울 뿐이다.

코로나가 기승을 부리던 지난겨울 나는 마스크를 쓰고 지하철을 타고 출근했다. 만류하는 가족들의 걱정이 많았지만 그래도 오랫동안 다니던 직장이어서 그만둘 수는 없었다.

직장에서도 사회적 거리두기를 최대한 두고 근무했다. 근무를 열심히 하던 어느 날, 문인 중에서 연세 드신 형님에게서 전화가 왔다.

"고 선생, 요즘 어떻게 지내요? 코로나로 다들 두려워하는데 지금도 직장에 나가요?" "네, 형님. 잘 다니고 있습니다." "좀 쉬지, 위험한데 뭘 다니노?" "그렇지만, 코로나 때문에 너도나도 쉬고만 있으면 우리나라 경제가 어떻게 돌아가겠어요?"라고 내가 웃으며 말하자 "그렇긴 한데 그렇게 생각하는 당신은 대통령이 상을 주어야겠네. 이렇게 어려운 상황에도 경제를 생각하고 일을 하고 있으니 말이야." 하며 형님께선 호탕하게 웃으셨다.

요즈음 지하철 상가들이 문을 닫은 지 오래되었는데 문을 열 생각을 하지 않는다. 침체되는 경기의 일면을 보는 것 같아서 보통 심각한 문제가 아니다.

국가에서 재난기금을 풀면서 침체된 경기를 보조하느라 대책 마련 시행도 빈번하지만, 향후의 바이러스 후유증으로 경제의 바닥이 어디까지 일지 많이 걱정된다. 집 밖으로 나가지 않고 집 안에서 생활에 길드는 우리의 일상이 무관한 듯 지나가고 있다.

코로나19 바이러스는 감소 추세에서 다시 재확산되어 재확진자도 늘어나고 있고 변종 바이러스 얘기도 나오고 있다. 이젠 세계적으로 번지는 골치 아픈 전염병의 재앙 앞에서 받아들이며 살아가야 할 것 같다.

감기처럼 안고 가야 할 바이러스의 재앙을 우리 스스로 철저히 수칙을 지키면서 방역본부의 지시에 따라 행동해야 할 것이다. “지구의 종말이 오더라도 한 그루의 사과나무를 심겠다”는 철학자 스피노자의 말을 되새기면서.

내가 숨 쉬고 있는 이 공간

언제부터인가 나는 그림을 그리는 사람이 되었다.

아마 올해 1월부터였나? 끝나지 않는 코로나바이러스와 씨름하며 밖에 나가는 것이 별로 재미가 없었다. 두려움과 움츠려지는 마음의 외로움이 어쩌면 은둔생활을 부추기고 있다. 오랜 직장생활을 접고 집에서 지내는 하루하루가 조금은 편하면서도 지루하다.

"사람은 서 있으면 앉고 싶고 앉으면 눕고 싶다"는 말이 있다. 서다가 앉다가 눕다가 가는 것일까? 앞으로 길지 않은 여정을 어떻게 걸어가야 잘 살아갈 수 있지 잘 모르겠다. 어떤 사람은 죽음이 올 때 후회 없는 삶을 살아야 한다고 말하고, 또 다른 이는 죽기 전에 하고 싶은 것 다 하고 살다 죽어야 한다고 말한다.

그러나 말은 쉽지만 실천하기는 쉽지 않다. 원래 나는 그림을 그려본 적도 없고 그리고 싶은 욕구도 없었다. 주변에 그림을 배워서 그리는 지인들은 많이 알고 있으나, 만나서 차 마시고 놀다가 갤러리 구경하러 가자고 하면 난 재미가 없어서 슬그머니 빠지곤 했다.

딸이 미술을 전공했다.

그 아이가 나중에 나처럼 글을 쓰며 무료하지 않게 살아가듯이 그림을 그리며 즐겁게 살았으면 하는 엄마의 마음으로…. 그러나 지금 그 아이가 다른 길로 갔기 때문에 그 아이가 쓰던 미술도구들이 집안에 그냥 있다. 내가 글을 쓰고 있기에 집안에 책이 많듯이 그 아이의 열정으로 타오르던 분신의 흔적이 여기저기 남아 있는 것이다.

어느 날 나는 연필을 들고 스케치하고 있었다. 동물도 그리고 꽃도 그리고 보이는 데로 사물을 그렸다. 그러다 지루하면 색연필로 색칠하며 무료한 시간을 때우고 있었다. 그런 시간이 한 달이 가고 두 달이 지나면서 점점 재미가 나서 '날마다 무엇을 그릴까?' 고민하곤 했다.

참 묘한 취미가 내 마음에 자리 잡고 있었다. 그래서 지금은 아이가 두고 간 물감으로 수채화를 그리고 날마다 물감 놀이를 하며 세월을 낚으며 살아가고 있다. 나도 모르게 빠져들어 가는 물감 놀이는 내 생활의 일부가 되어가고 있다. 그린 그림을 지인들과 교감을 하고 서로 이야기를 나누면서 대화를 할 수 있으니 참 다행스러운 일이다. 무언가 같은 길을 걸어가면서 서로 이야기를 나눌 수 있다는 것은 참 경이로운 일이 아닐 수 없다.

나를 어떤 것에 빠지게 만든다는 것은 나이를 먹으면서 참 좋은 일인 것 같다. 작은 공간에 이젤과 스케치북이 준비된 자리는 내가 숨 쉴 수 있는 이 공간. 그리고 노트북 컴퓨터 앞에 앉아 이렇게 글을 쓸 수 있으니 난 얼마나 행복한 사람인가!

시를 쓰고 수필을 쓰고 그림을 그리는 나의 삶이 존재하는 이 순간. 독자와 공감할 수 있는 좋은 영감으로 주어진 삶의 길이 될 것이다.

어느덧 계절은 가을을 준비하고 있다. 그 뜨겁던 여름의 열정의 시간들을 조금씩 삭이고 있다. 자연의 순리는 인간이 배워야 하는 진리를 가르쳐주는 스승이다. 뜨거울 때 뜨겁게 살아가고 가을을 맞이하며 뒤돌아보는 시간. 그리고 추울 때 움츠리며 살아보는 겨울을 지혜로 다스리면서, 봄을 기다리며 희망을 꿈꾸다 보면, 어느덧 세월은 물처럼 흘러 제자리로 돌아와 다시 시작하는 기쁨과 슬픔이 있는 곳으로 돌아가는 물레방아 같은 것. 쉬지 않고 걸을 수 있어서 앞으로 나아갈 수 있으면 더 이상 무얼 바라겠는가?

주어진 공간에서 숨 쉴 수 있을 때까지 우리 모두 잘살아 봅시다.

무궁화 사랑

우리 집에는 무궁화 화분이 2개 있다.

몇 년 전 수원시에서 하는 무궁화 시화 축제 행사에 참여해서 선물로 받아온 것이다. 자그마한 키의 화분은 아파트 베란다에서 키우기도 알맞았다. 처음엔 꽃은 피울 수 있을지 의문이었는데, 신통하게도 매년 꽃을 피우며 건장하게 잘 자라고 있었다. 마치 우리나라 정기가 깃든 혼처럼 대견하고 사랑스럽다.

무궁화는 연분홍색 꽃과 진분홍색 꽃을 각각 피우고 있었다. 무궁화 축제의 인연은 다시 이어져서 올해도 휴대폰에 문자 메시지가 왔다.

'2021년 제31회 전국 무궁화수원축제[7월 10일(토)~7월 25일(일)]에 맞춰 무궁화 분화 콘테스트를 개최합니다. 시민 여러분의 많은 참여 부탁드립니다.'

나는 그 문자메시지를 보고 집에 있는 무궁화 화분을 콘테스트에 참여하기로 결심하고 6월 7일~11일 출품작 신청 기간에 맞춰 수원시 생태공원과에 두 그루의 무궁화 화분을 제출했다. 화분 상태를 보더니 "아주 잘 키우셨네요." 하고 직원이 애기했다. 그리고 무궁화 분화 콘테스트 출품작 전시는 수원무궁화원에서 한다고 했다. 나는 약간 설레는 마음으로 그날을 기다리고 있었다.

그동안 우리 집 무궁화는 얼마나 자랐을까? 매일 아침 물을 주며 가꾸었던 기억을 더듬으며 기다렸는데 행사를 얼마 앞둔 7월 전화가 왔다. 무궁화 축제가 코로나19 확진자 확산으로 취소되었으니 와서 분화를 찾아가라는 것이었다. 기쁜 마음으로 손꼽아 기다렸는데… 지금쯤은 꽃도 예쁘게 피었을 텐데….

나는 아쉽지만 빨리 집에 데리고 와야겠다고 생각하며 무궁화원 위치를 휴대폰으로 검색했지만, 한 번도 듣지 못한 장소라서 찾기가 어려웠다. 결국 차를 가지고 있는 아는 지인의 도움으로 무궁화원을 찾아갔다. 찾아간 장소에는 정말 우리나라 무궁화꽃이 활짝 피어서 전시되어 있었다.

시대를 잘못 만나 비록 많은 사람의 축하는 받지 못하지만 건재하게 자리 잡고 고운 자태 뽐내고 있는 무궁화꽃을 보며 나도 모르게 '우리나라 꽃! 무궁화!' 가슴 깊은 곳에서 애국가가 울려 퍼지고 있었다.

나의 작은 화분 두 그루는 커다란 화려함들 사이에서 보란 듯이 꽃봉오리를 맺고 건강하게 자리매김하고 있었다. 2~3일 있으면 터질 것 같은 고운 자태로. 반가움에 화분을 들고 집으로 돌아오면서 나의 무궁화 사랑과 그 인연 이야기를 지인에게 들려주었다. 집에 돌아와서 자기가 있던 자리에 무궁화를 앉혀놓으니 텅 비어있던 자리가 꽉 찼다.

그리고 다음 날 아침, 베란다에는 연분홍 무궁화꽃이 야무지게 피어있었다. 정말 사랑스러웠다. 마치 나를 위한 축제처럼 그 모습이 얼마나 당당하게 보였는지 모른다. 비록 축제는 취소되었지만 집에 와서 축제 분위기를 연출하고 있는 듯했다. 바로 예쁜 모습을 보여주고 싶은 그의 간절한 마음이 깃들여 있었다.

기쁨과 흥분된 마음으로 하루를 보내고 또 그다음 날 아침에 또 다른 화분에서 진분홍 무궁화꽃이 활짝 피어있었다. 찬란한 아침 햇살을 머금은 화려한 모습은 마치 승리의 깃발을 흔들고 있는 장엄함의 여유까지 느껴졌다. 사진을 찍어서 지인들에게 보내니 행복 만당이라며 예쁘다고 극찬했다.

아주 흔한 무궁화꽃을 보고 이렇게 흥분된 예찬을 하는 나의 사랑하는 마음을 보고 웃는 사람들도 있을 것이다. 그러나 암울했던 우리의 역사 속에서 무궁화꽃은 더 많이 사랑해도 지나치지 않는 승리의 깃발처럼 오래오래 휘날리리라!

꽃 사랑

꽃을 보는 즐거움.

꽃을 싫어하는 사람이 있을까. 꽃가게를 지날 때면 그냥 지나치지 못하고 나도 모르게 발걸음을 멈추게 된다. 비록 말은 나눌 수 없어도 눈을 마주할 때마다 쌩긋 웃어주는 사랑스러움이 햇살처럼 반짝인다.

내가 일을 하고 있는 근처에는 조그마한 공간에 새로이 꽃가게가 생겼다. 그곳에 시간이 날 때마다 내가 좋아하는 꽃을 보기 위해 놀러 가곤 한다. 결혼 정년이 좀 지난 꽃가게 주인인 그녀가 작달막한 체격에 날렵한 손놀림으로 꽃꽂이하는 모습을 보고 있으면, 정말 신의 경지에 가까운 한 예술작품이 탄생하곤 한다. 그녀의 손은 작고 거칠었다. 그러나 아무리 보잘것없는 들꽃들도 그녀의 손 앞에서는 예쁘게 단장한 새색시처럼 변한다.

그날도 꽃의 아름다움에 끌려 그녀의 가게에 들였다. 열심히 빨간 장미, 노란 장미를 다듬고 있었다. 나는 또 어떤 작품이 나올까 하고 잔뜩 긴장하고 있었다. 꽃바구니를 만들기 위한 작업이라고 했다. 작은 꽃바구니에 오아시스를 담아놓고 그 주위에 등나무로 태를 만들었다. 그리고 그녀는 한 송이 한 송이씩 장미를 꽂고 있었다. 한참 뒤에 꽃바구니에는 장미의 눈들이 생글생글 웃고 있었다. 화려한 왕관을 쓴 모습처럼 전체적인 색깔의 조화가 근엄한 위품과 고귀한 자태를 뿜어내고 있었다.

이렇듯 꽃은 우리의 눈을 신비의 느낌으로 다가온다.

꽃을 보고 있으면 아름다움과 정감이 어우러져 어떤 찬란한 빛을 보게 된다. 눈부신 햇빛도, 그 어떤 화려한 꾸밈의 형상보다도, 청순함과 고귀한 기품을 겸비하고 우리에게 생활에 꼭 필요한 존재의 가치를 느끼게 한다. 꽃이 필요로 하는 곳은 헤아릴 수없이 많다. 그리고 그것이 가져다주는 의미는 다양한 색채로 나뉜다. 각자가 보는 느낌에 따라 감각의 용도에 다르게 장식하는 꽃가게 아가씨의 마음은 더욱 아름다울 것 같다. 언제나 그들과 생사고락을 함께한다면, 남을 미워하는 마음이라든가 화내는 모습이 다른 사람과는 다르지 않을까?

그녀는 저녁때가 되면 물뿌리개로 화분에 물을 뿌려준다. 그녀의 말을 들으면, 요즘처럼 초여름의 열기가 따갑게 올라갈 때는 저녁나절에 물을 주어야 한단다. "얘들아! 시원-하지?" 물을 듬뿍 뿌려주는 그녀의 얼굴에는 꽃을 사랑하는 마음에 웃음꽃이 함박 피어난다.

초여름엔 작은 화분들을 가게 앞쪽에 나란히 진열해 놓았다.

한해살이 작은 꽃들이 '저 좀 보세요. 아니, 그 애 말고 나요!' 하며 내 시선을 잡아당기고 있었다. 너도나도 뽐내며 자랑하는 꽃들이 정말 너무 사랑스러워서 손으로 쓰다듬어주고 싶은 걸 꾹 참았다.

꽃을 보는 즐거움이 내 생활에서 떠나지 않듯이, 꽃을 보면 더더욱 그리운 얼굴이 떠오른다. 시골의 마당 한 곳에 꽃잔디를 심으시고 사랑을 키우시는 어머니. 계절마다 피어나는 꽃나무를 심으시고 정성을 다해 보살피시는 친정어머니가 생각이 난다. 언제부터인지 꽃을 보시며, 늙어 가는 세월이 서러우시다던 어머님. "나도 저 꽃처럼 예쁜 젊은 시절이 있었는데…" 하시며 주름진 얼굴을 손바닥으로 감싸시던 어머님의 모습이 눈에 선하게 들어온다.

어머니는 꽃을 무척 좋아하셨다. 황톳빛 앞마당에 갖가지 꽃들을 심으시고 어린아이들을 돌보듯이 그들을 가꾸셨다. 그런 어머니의 소녀 같으신 마음은 연륜이 쌓여갈수록 짙어만 갔다. 젊음을 소중히 간직하시듯 꽃을 사랑하셨다.

누군가와 꽃 이야기를 주고받다가 번화가의 진풍경을 얘기해서 웃은 적이 있다. 그가 본 얘기를 빌리자면, 어느 날 남문 시장을 걷고 있었는데, 꽃가게 앞에서 발걸음을 멈추고 진귀한 듯 바라보는 노인들을 보고 깜짝 놀랐다고 한다. 꽃가게에는 젊은 이들이 많이 기웃거릴 것 같았는데, 머리에 하얀 서리가 내린 할머니들이 입가에 잔잔한 미소를 머금고 시간 가는 줄 모르고 굽어다 보고 계셨다고 했다.

세월의 흐름을 멈추고 싶은 인간의 마음을 우리는 꽃을 사랑하는 마음을 보면 읽을 수 있다. 아름답고 사랑스러움은 물 흐르듯 흘러가 버리지만, 그 극치의 맛을 다시 맛보고 싶어 하는 욕망은 누구나 다 가지고 있을 것이다.

나의 어머니가 젊음을 어루만지듯 길을 가면서 꽃을 보면, 나도 모르게 발걸음을 멈추고 그들과 눈을 마주치며 속으로 대화하는 습관이 생겼다.

'그래, 너희들은 어쩜 그렇게 예쁘게 생겼니?'

지난 어버이날 시어머님과 친정 부모님께 꽃 화분을 선물해 드렸다. 조화로 된 카네이션꽃 한 송이를 선물할 수도 있었으나, 오래오래 화단에 심어놓고 바라보시라고 카네이션 꽃나무 화분을 드렸다. 봉오리가 곧 터질 것 같았던 카네이션은 아마도 지금쯤은 예쁘게 피어있겠지. 오며 가며 그 꽃을 보시고 세월의 무상함을 탓하실 어머니의 모습이 오늘따라 그리움으로 다가온다.

미당 서정주 선생님은 국화 옆에서 누님을 떠올렸다. 나는 꽃을 볼 때마다 꽃 사랑이 넘치시는 어머니가 생각난다. 그래서 꽃은 진정 멀리할 수 없는 어떤 그리움의 산실인 양 정겹다. 하나가 아닌 둘의 의미를 부각하는 꽃을 보게 된다. 정성을 다해 보살피고 가꾸지만 보는 사람이 있어야 그 아름다움을 간직할 수 있으며 그 진가를 발휘할 수 있다고.

의미가 부여하는 여러 가지 아름다움 때문도 있지만, 내가 꽃을 좋아하고 꽃가게를 엿보게 되는 이유는 아마도 가슴속까지 묻어올 것만 같은 꽃의 향기로움 그리고 내 어머니의 모습 같은 꽃을 보기 위함이리라.

도심 곳곳에 꽃길을 많이 만든다면 모든 생각이 꽃처럼 선하고 아름다워지지 않을까?

오늘도 동네 꽃가게에는 작은 꿈들이 속삭이고 있었다.

작품평

작가 고순례 님의 작품 「아카시아 꽃향기 그윽한 계절에」는 젊은 나이에 안타깝게 타계한 동생을 그리는 작품이다. 누구보다도 건강했던 동생이 암으로 세상을 떠났다. 사랑하는 부모, 형제, 자녀를 두고 갔다. 동생의 투병 과정이 사랑하는 마음으로 가득하게 그려져 있다.

동생의 마지막까지의 긍정적인 인내, 병이 나을 수 있다면 무엇이든 처방에 나서는 형제들의 사랑이 가없다. 병고와 싸우는 동생이면 제목이 '병고와 싸우는 동생'쯤으로 했어야 하지 않을까? 그런데 제목은 '아카시아 꽃향기 그윽한 계절에'이다.

이것은 죽음에 대한 슬픔과 마지막 가는 자리를 동생이 그리던 옛날, 그 아름답던 시절 추억의 필름에서 찾는다.

병실에 오는 이웃, 친구, 친척 모두 사랑을 안고 온다. 그때, 아카시아 향기가 바람을 타고 코끝을 스친다. 그러면 제목이 '아카시아 꽃향기 그윽한 계절에'로 할 수밖에 없다. 그리고 작가는 시 한 수로 슬픔을 정화하고 있다.

작품상 수상을 축하한다.

심사위원 밝덩굴, 박종숙

생명

하루가 지친 나래를 펴고
풀잎처럼 누워있다
열을 올리던 한낮의 햇살은
어느덧 땅속으로 어깨동무를 하고
타오르던 촛불을 응시하던 눈망울은
초점을 잃어간다
타다가 타다가
지친 아픔에 눈물로
나부끼던 깃발은
어느새 가슴에 비수로 꽂혀가고
생각의 샘물 앞에
솟아나는 하루의 일기장 속에서
타오르는 촛불 하나 쓰다듬다가
노려보는 눈망울에
이슬이 맺힌다
나는 시한부 인생
생각 없이 방치해 가는

하루하루가 이토록 무능할 수가

생명

그 앞에 이토록 애걸해보기는 처음

이젠

꺼져가는 촛불 앞에

서럽도록

기적이라는 글자를 새겨 본다

*이 글은 저자가 동생의 병상에서 그의 마음이 되어 쓴 시이다.

아카시아꽃

매년 피어나는 아카시아꽃
흐드러지게 핀
꽃송이 속에서
숨바꼭질하는 얼굴
먼저 떠난 동생이 숨어 있다
어머니 아버지 모습도 보인다
사랑하는 동생아 잘 있지?
착하고 효자인 네가 하늘나라에서
부모님 모시고 행복하게
살아 가눈 모습이 눈에 선하다
넌
육 남매 형제 중 다섯 번째로 태어났지
아들 넷 딸 둘
아들 중에 셋째 아들
순서 없이 가는 인생
네가 그렇게 젊은 나이에
그 먼 길을 떠날 줄은 정말 몰랐다

이 세상에 없다는 사실조차

부인하고 싶었다

떠나버린 슬픈 마음을

말로 어찌 표현할 수 있을까?

그 후 어머니는 생신날 아들이 사다 준 난 화분 앞에

날마다 밥상을 차려놓고 눈물로

너와 대화하곤 하셨단다

너무나 애련한 슬픈 뒷이야기

이젠 먼 나라 이야기처럼

그리움으로 찾아오는 네 모습

아카시아꽃이 피는 계절이 오면

설레는 마음으로

그 꽃 속에서 너를 만난다

환하게 웃고 있는 너의 얼굴

고맙고 또 고마워!

또 만날 때까지

사랑하는 동생아 안녕!